「當初要不是媒人亂設計，
我這輩子也不會這麼坎坷」
不過，儘管嘴裡老是這麼叨唸著，
但他們心裡各自明白，沒有誰設計誰，
說到底，都是時代設計了所有人。

新版序——

遇到你，跟你說我的故事

十幾年前的老書要重新出版，實在想不出什麼正當的理由。一直相信人生每個階段的「標記」就該讓它留在那個階段裡，否則豈不像已經老到變形的傢伙還無恥地（或無知地）以昔日青春的照片示人？

不過編輯們倒是給了我一個說法，她們說：「出書當年還小、還讀不懂其中滋味的孩子現在可都長大了哦！」

這說法好像挺不錯的，就像犯罪的人終於找到一個「一切的錯都是別人和社會所造成」的話術，不過其中有極大的部分倒是實話，因為這本書最多的一部分都是過往在不同的時、地裡講給不同的人聽的故事，或在某個當下心裡浮現的哀痛與喜樂，很多人聽過之後會想和親近的人分享，但卻常常忘了其中重要的轉折或對白，於是就有人說：「你怎麼不乾脆把它寫下來啊？這樣我們不就不會忘記了？」當然，也有更多人曾經說：「不要光講，寫下來吧，不寫下來的話有一天連你自己也都會忘記的。」

嗯，把這些自己難忘的事寫下來讓人可以轉述，以及讓自己不至於遺忘就是當初開始敘述的最大動機。

十幾年過去了，有多少看過這些故事的人曾經轉述給別人聽……我不知道，但十幾年來已經很少重新翻閱這本書的自己好像不得不承認，經常有人提及這些故事的「題目」時，我竟然完全忘記正確的內容是什麼！

容許我辯駁一下，這絕非對自己曾經寫下的文字不負責任，而是之前就有人提醒過的，是年紀的必然。

於是，重新出版好像又替自己找到一個自私的說法：重新省視過往的腳步和生命痕跡，特別是在人生已近黃昏的此刻。

有點冠冕堂皇哦？但我知道也許你不一定買單。

不過有件事倒期待你能知道，在這個新的版本裡多了一篇長達七千多字的故事，對我個人來說多了這一篇其實有他特別的意義。

十幾二十年前開始在週刊雜誌上發表這些文字時，這個故事其實是開場第一篇的題材，因為在那個當下是自己才剛遇到的事，但當時雜誌的專欄限定的字數是一千五百字，無論如何剪裁還是容納不下，於是只好忍痛割捨，但一二十年來好像也沒有什麼特別的機會可以寫下來，不過一如之前的那些故事，倒是在不同時間和場合裡轉述過無數次，這回既然要重新出版，總覺得無論如何總要給它一個位置，那種感覺就像想蓋一間房子，開始找石材，有一天你終於找到質地和顏色都讓你欣喜的一塊，最後雖然因為體積和形狀一直擺不到適當的位置，但卻一直捨不得遺棄，因為它是一切的開始，是基石，寫下來彷彿是一種懸念的釋放，一個願望的完成，就像當年這個故事的主人翁跟我說的：「遇到你，跟你說我的故事，是我一直以來的願望。」

只是……二十年之後的現在一邊重新回憶、一邊寫著的同時，心裡卻也一直想著：「你還在嗎？還好嗎？我還有機會遇到你嗎？」這樣想著的同時，生命裡曾經交會過的許多人、許多事卻也就不約而同地蜂擁而至。

老實說，在這樣的年紀裡，這樣的感覺，失落難免，但同時卻也有生命何其豐美的安慰和讚嘆。

欣喜期待與陌生的你有緣相逢。

序——

你們還記得我嗎？

在仔細讀完經過編輯的這些文字的此刻，好像不得不向「到了一個年紀，某些人的生命似乎只剩下回憶」這句話低頭，儘管之前始終對其中所隱含的輕視和同情嗤之以鼻，甚至充滿抗拒和敵意。

是事實，因為交織成這些文字的幾乎全是往事的點點滴滴。

當其中某些片段開始在網路中被轉寄流傳，有網友留言問說，你在寫這些故事的時候到底是什麼樣的心情時，我用少年時期讀過的《麥克阿瑟回憶錄》裡頭的一句話回答了他們：「回憶是奇美的，因為有微笑的撫慰，也有淚水的滋潤。」

這也是事實。

多年來雜亂的行程、密集的工作已經是固定的生活型態，不過，好像也沒什麼可以抱怨的理由。人生選擇什麼就必須承受什麼、得到什麼就會失去什麼，這道理到了這樣的年紀幾乎已沒有什麼疑惑的餘地，只是在日復一日一如川劇「變臉」般隨著工作或行程不停變換的角色扮演中，「自己」這個角色反而少有上戲的機會，除了午夜場。而在幾乎無聲也無觀眾的演出過程裡，和「自己」對戲的另一個唯一的角色就叫「回憶」。

戲有時候會演得很長很長，從午夜一直到天際露出微光，因為「自己」在「回憶」的導引下經常意外地與遺忘多時的某個階段的另一個「自己」再度重逢。於是，就像久別的老友偶然相遇一般，有更多的回憶被喚醒，一如夢境與夢境的連結，沒有邏輯，無邊無際。

有時候會想，生命裡某些當時充滿怨懟的曲折，在後來好像都成了一種能量和養分，因為若非這些曲折，好像就不會在人生的岔路上遇見別人可能求之亦不得見的人與事。而這些人、那些事在經過時間的篩濾之後，幾乎都只剩下笑與淚與感動和溫暖，曾經的怨與恨與屈辱和不滿彷彿都已雲消霧散。

或許是工作的關係，長久以來似乎習慣拿這些人與事和人分享，不知道有多少次當某些心思細膩的朋友聽完這些故事之後，都會跟我說：寫下來吧，當你有一天什麼都記不得的時候，至少還有人會幫你記得這些人、那些事。

是曾想寫過，只是始終在等候著自己所希冀的那個適當時刻——例如：不再雜事如麻、勞累奔波，身心皆已安頓，日子安穩無驚——的來臨，沒想到這一切後來卻都在始料未及的狀態下完成。

一年多前，新聞界的好友張瑞昌跑到舞臺劇〈人間條件〉正在演出中的後臺來，說他奉調到周刊當總編輯，希望我能在那裡開個專欄。「就把你平常隨口說出來的那些故事寫下來就好，又不用耗費你多少時間！」他說。

許多人都知道我性格裡最大的致命傷叫「不好意思拒絕」，尤其是面對朋友的要求。聽說他們私下經常宣稱：「要念真幹嘛一點都不難，嚕久了就會有！」

瑞昌不但持續不斷地嚕，甚至用了最狠的一招：先在周刊上打上預告，甚至連專欄的名稱都已幫我設定好，叫「人間吳條件」。

之後不用說，開始被逼上路，每個星期二的夜晚經常成為我「焚膏繼晷」的無眠之夜，一旦遇到出差旅行甚至還得預留存稿，或筆電隨行。

記得有一次和一群朋友到國外旅遊，夜晚時分我在桌前趕稿，他們則在我房間內打牌消遣，在斷續吃、碰的牌聲中，忽然聽見有人故意以好整以暇的語氣說：「唉，人家的命就是比我們好，你看，人家出國還在打字賺錢，而我們卻在這裡打牌輸錢！」

講話的是圓神出版社的負責人，我們慣稱他社長的簡志忠。

當時，我不但沒有回話，在爆起的笑聲中甚至還覺得對他虧欠至深，那是因為事實上多年之前他就曾想盡辦法要我寫下這些故事，一度他還要總經理簡志興和編輯部同仁帶著企畫書和錄音機到辦公室來，要我在「任何想講的時候」把故事錄下來，然後找人轉換成文字。然而之後我不但不義地把那個企畫遺忘在一旁，甚至還不忠地在他方地盤另起爐灶，所以，一年之後以最後一篇題目為「告別」的心情故事結束專欄，並決定在圓神結集出版的理由無它，就是……必然。

對許多許多人心存感激，除了上頭提到的瑞昌（其實……我還在懷疑著，我是不是真的感謝他？因為專欄寫不到三個月之際他竟然就高升它職，棄我於火線而不顧！）、簡志忠、簡志興和圓神的同仁之外，我也要謝謝《時報周刊》的李秋絨小姐在這一年中對我這個散漫的作者的忍耐、激勵和寬容。

當然還有雷驤先生，他竟然肯為這些故事動筆，畫下那麼多幅韻味十足的插圖，讓我受寵若驚。

至於故事裡被我提及的所有人……我只能說：在人生的過程裡何其有幸與你們相遇，或輾轉知道你們的故事。記得年輕的時候聽過一位作家的演講，當有人問他說有沒有做筆記的習慣時，他笑著說：很少，因為我不可能隨身帶著筆紙，而且我相信，該記得不會忘記，會忘記的應該就是不重要的東西！的確如此。

記得你們、記得那些事，是因為在不知不覺中這一切都已成了生命的刻痕，甚至是生命的一部分。只是……你們也還記得我嗎？

目錄

PART *1*

心底最掛念的人

PART 2

日夜惦記的地方

PART 3

搏真情的朋友們

PART 4

一封情書的重量

PART

5

這些人，那些事

前言——
四個相命師

阿端雙眼失明，所以村子裡的人習慣叫他「青瞑端」，當年他是礦村許多人的心理醫生。

日子不順的時候去找他，他會說七月家裡犯白虎，九月秋涼之後北方壬水旺，賺錢如扒土……諸如此類的，聞者便認命地忍受這段理所當然的艱辛。

萬一九月還是不順呢？他會要求把全家人的出生年月日都拿去給他看，全家幾口人總會有一口又沖犯到什麼吧？你說是不是？

他說的話沒人不信，於是再苦也可以往下撐，因為有信仰便有力量，三民主義不也這麼說過？

有一年父親不順了近乎一整年，年末我們隨媽媽去「問診」。這回他倒像是十幾二十年後才時興起來的「前世今生」大師，他說父親前世是貪官，此生所賺的錢除了養家活口之外，別想有剩，即便一時有剩也轉眼成空，因為要還前世所欠的債。

媽媽一聽完全降服，因為這正是父親的生命主軸。

由於時間尚未用完，媽媽說：「那替我家老大順便看看。」

那年我剛退伍，未來有如一團迷霧。他只掐指算了算，便說我前世是「菜店查某」，意思是風塵女子，故這輩子……咳咳，知你「花名」者眾，知你本名者寡，惡歡飲交際、喜做家事。賺錢諸事大多在夜間完成，賞錢大爺三教九流，故我必須以不同身段、姿態迎合之……

話沒講完，妹妹們已狂笑到近乎失態，被我媽媽驅出門外。

妹妹們之後說她們狂笑的理由是：無法想像會有這種瘦弱不堪且長相不雅的午夜牛郎，而且還會有三教九流的大爺肯賞錢。

幾年後經過驗證發現他真是神準，舉例來說，多數人知道我吳念真這個「筆名」，但不一定知道我的本名。寫文章、寫劇本通常是晚上，而投資老闆或邀約的導演果然是千百種不同個性的人……但，那時「青瞑端」早已經往生。

三十歲那年，一個朋友的朋友說一定要認識我，朋友說這人喜歡研究命理，說看我寫過的一些小說和劇本，透過朋友知道我的八字之後覺得我有趣，一定要告訴我一些事。

一個濛濛細雨的午後，我們在明星咖啡見面。因為還有人在一旁等我討論劇本，所以他言簡意賅地表示，我三十歲這年是「蜻蜓出網」，許多人生大事會在這年發生，要我把握千萬不要浪費這機緣。順便又嚴肅地跟我說：未來十年臺灣必有大改變，理由是「電視、報紙上那些富貴之人大多數非富貴之相」。

那是一九八一年，我大學畢業、第一次得金馬獎，金馬獎第一次有獎金，而且多達二十萬元，於是就用那些錢結婚，完成另一件人生大事。

至於臺灣是否有變動？當然有，至少之後十年中，從沒人敢罵總統變化到罵總統成了新生活運動。

這個業餘相命師隨著與朋友疏遠之後，從未再重逢。

父親晚年疾病纏身，有一天趁他在醫院睡著，陪媽媽到基隆南榮路找另一個相命師做心理治療。那人跟阿端一樣雙眼失明。

他算算父親的八字之後只說：「活得辛苦、去得也艱難……這麼辛苦的人……就順他意，不計較了，計較的話妳也辛苦，不是嗎？」

媽媽聽完掩面而泣，低聲說：「謝謝老師，我了解。」

相命師也許發現我的存在，問我要不要順便算算？聽完我的八字，沒多久他竟然笑了出來，說：「你也活得辛苦，只差你爸爸勞力，你是勞心，不過，你一生衣食無缺、朋友圍繞，勞心勞神，皆屬必然，其他，我就沒什麼好說了，你說對不對？」

與其說他是在算命，倒不如說他像師父開示。

他也許還在，但，就像他說的，一切皆屬必然之下，我還有什麼好問的？

人生碰過四個精采無比的相命師，這是其中三個。

另外一個？所說諸事皆未驗證……稱名道姓有所不宜，姑且不表。

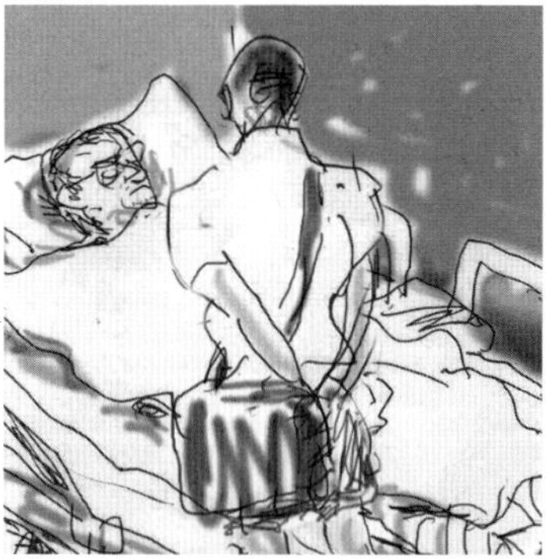

PART

1

心底最掛念的人

母難月

爸爸十六歲那年從嘉義跑到九份附近的礦區工作。十六歲還不能進礦坑，所以在鍊金工廠當小工。

他發現工廠裡有一個年長的女工幾乎每天以淚洗面，於是善意地問人家出了什麼事，那婦人說她兒子在山上工作時中暑死了，十六歲，跟他一樣大。

我爸說：「妳不要傷心啦，不然……我給妳當兒子。」

從此我爸進了人家家門，當了別人的兒子。

爸爸二十一歲那年成了正式的礦工，人家從貢寮山上找來一個孤女當養女，再以招贅的方式和我爸結婚以延續這一家的香火。

這個孤女，也就是後來的我媽，當時才十五歲。她十六歲生下第一個小孩，四個月不到夭折。

多年之後，姑媽跟我說，那時候我媽經常會有一些怪異的舉止，比如半夜跑到外面哭，或者走著走著忽然會被什麼召喚一般，停下腳步跪拜四方。

十七歲她生下我，同樣不好帶。我四個月大的時候，有一天忽然開始不吃奶，肚子一天比一天大，到最後「隨時眼睛翻白，四肢抽搐」，媽媽曾經說那時候她唯一的想法是：萬一連這個也養不活，她也會跟著走。

接下來就有點像鄉野傳奇了。據說就在我氣若游絲的當下，村子裡來了一個應邀出診的中醫，看完該看的病人準備回去時在山路上被鄰居攔了下來，要他做做好事來看我。

據說他在望聞問切之後還問了我的生辰八字，然後開了一帖包括三種青草外加長在黃泥巴裡的蚯蚓七條的奇怪藥方，說如果在當天酉時之前藥材可以備妥，並且讓我服下，就會有救，否則這孩子「人家會收回去」。

採藥的過程是另一個說來話長的傳奇，暫且不表，總之酉時之前這帖藥真的就灌進我的喉嚨。

根據我媽的描述是：「……就在午夜時分，你忽然放了一個響屁，然後拉出一大灘又黑又臭的大便……我跟你爸抱著你洗澡的時候，發現你的手竟然會拉著我的手指，然後睜開眼睛。你爸爸跟我說，孩子……人家要還給我們了！洗完澡，發現你好像在找奶吃，當我把奶塞進你的嘴巴，感覺你很餓、很有力地吸起來的時候，我就忍不住大哭起來了！」

三十年後，我還活著，而且要結婚了。媽媽說有兩件事必須跟婚禮一起完成，第一件事是婚禮的前一天，她要殺豬公，並且行跪拜一百次的大禮；她說當年在最絕望的時候，她曾經抱著我跪在床頭哭著跟眾神許願，說如果這孩子可以平安長大，結婚那天她要跪拜天地以謝神恩，而當天果真就出現了那個「神醫」。

第二件，是婚禮那天我們得替她搭個臺子並且請來樂隊，因為她要上臺唱歌。她說這是她另一個心願。說我初中畢業離家到臺北工作的時候，有一天在路上碰到我的小學老師，老師問起我的事，然後跟媽媽說我很聰明、愛讀書，無論怎麼波折，有一天我都會念到大學。

媽媽說，那天回家的路上，她忽然覺得：「像我這樣的媽媽，如果也可以養出一個大學畢業的孩子的話……我跪在路邊跟四方神佛許願說，他結婚那天，我一定要快樂地唱歌給大家聽！」

寫這篇文章時正是我出生的月分，或許是這樣的緣故吧，二十七年前媽媽穿著一輩子沒穿過幾次的旗袍和高跟鞋，堅持跪拜一百下以至最後幾乎連站都站不起來的樣子，以及在簡單的舞臺上，以顫抖的聲音唱著〈舊皮箱的流浪兒〉的神情，再度鮮明地浮現眼前。

母親五年前骨癌過世。

生養我們五個（如果連夭折的那個也算的話，六個）小孩的過程，其憂煩與苦難遠遠多於欣喜與安慰。

我曾想過，媽媽會得骨癌，到了末期全身的骨頭甚至一碰即碎……是不是就因為這輩子的身、心都一直承擔著過量的負荷？

只想和你接近

直到我十六歲離家之前，我們一家七口全睡在同一張床上，睡在那種用木板架高、鋪著草蓆，冬天加上一層墊被的通鋪。

這樣的一家人應該很親近吧？沒錯，不過，不包括父親在內。父親可能一直在摸索、嘗試與孩子們親近的方式，但老是不得其門而入。

同樣地，孩子們也是。

小時候特別喜歡父親上小夜班的那幾天，因為下課回來時他不在家。因為他不在，所以整個家就少了莫名的肅殺和壓力，媽媽準確的形容是「貓不在，老鼠嗆鬚」。

午夜父親回來，他必須把睡得橫七豎八的孩子一個一個搬動、擺正之後，才有自己可以躺下來的空間。

那時候我通常是醒著的。早就被他開門閂門聲音吵醒的我繼續裝睡，等著洗完澡的父親上床。

他會稍微站定觀察一陣，有時候甚至會喃喃自語地說：「實在啊……睡成這樣！」然後床板輕輕抖動，接著聞到他身上檸檬香皂的氣味慢慢靠近，感覺他的大手穿過我的肩胛和大腿，最後整個人被他抱了起來放到應有的位子上，然後拉過被子幫我蓋好。

喜歡父親上小夜班，其實喜歡的彷彿是這個特別的時刻——短短半分鐘不到的來自父親的擁抱。

長大後的某一天，我跟弟妹坦承這種裝睡的經驗，沒想到他們都說：「我也是！我也是！」

或許親近的機會不多，所以某些記憶特別深刻。

有一年父親的腿被礦坑的落磐壓傷，傷勢嚴重到必須從礦工醫院轉到臺北一家私人的外科醫院治療。

由於住院的時間很長，媽媽得打工養家，所以他在醫院的情形幾乎沒人知道。某個星期六中午放學之後，不知道是什麼樣的衝動，我竟然跳上開往臺北的火車，下車後從後火車站不斷地問路走到那家外科醫院，然後在擠滿六張病床和陪伴家屬的病房裡，看到一個毫無威嚴、落魄不堪的父親。

他是睡著的。四點多的陽光斜斜地落在他消瘦不少的臉上。

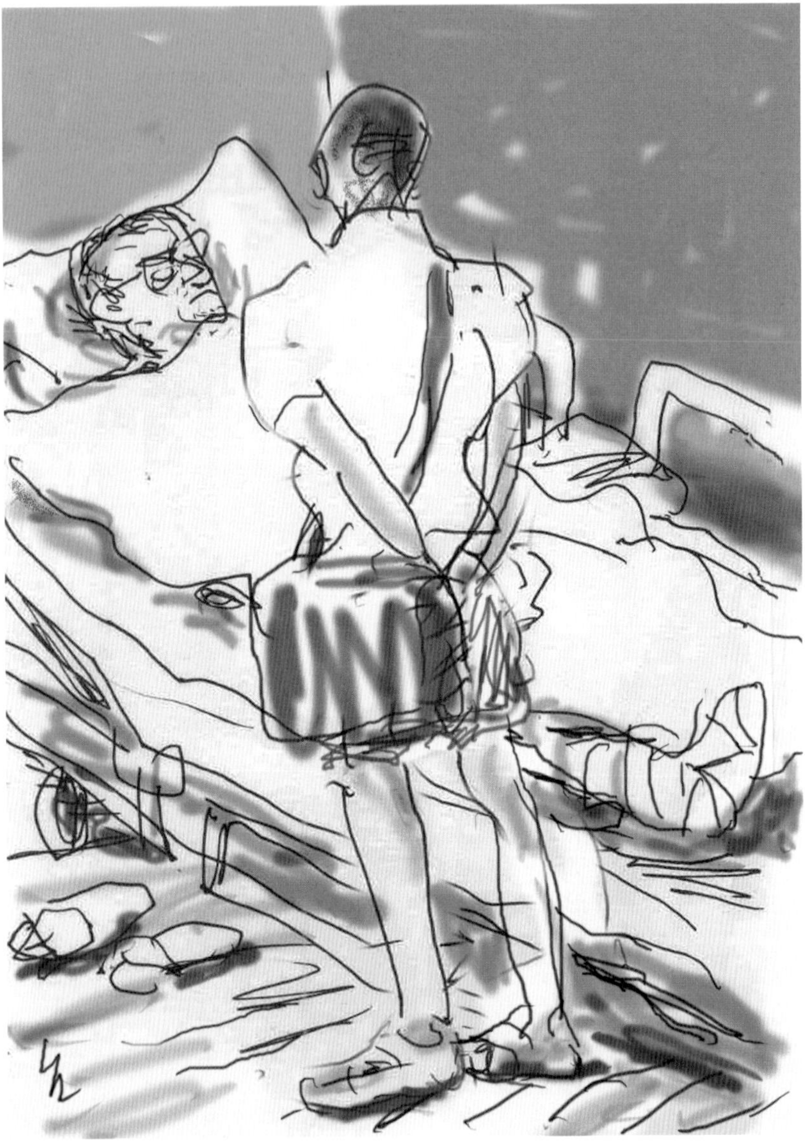

他的頭髮沒有梳理，既長且亂，鬍子也好像幾天沒刮的樣子；打著石膏的右腿露在棉被外，腳趾甲又長又髒。

不知道為什麼，我想到的第一件事，竟然就是幫他剪趾甲。護士說沒有指甲剪，不過，可以借我一把小剪刀，然後我就在眾人的注視下，低著頭忍住一直冒出來的眼淚，小心翼翼地幫父親剪趾甲。

當我剪完所有的趾甲，抬起頭才發現父親不知道什麼時候已經睜著眼睛看著我。

媽媽叫你來的？不是。你自己跑來？沒跟媽媽說？沒有……馬鹿野郎（日本的國罵「八嘎牙路」漢字寫法，意指對方蠢笨、沒有教養）。

直到天慢慢轉暗，外頭霓虹燈逐漸亮起來之後，父親才再開口說：「暗了，我帶你去看電影，晚上就睡這邊吧！」

那天夜晚，父親一手撐著我的肩膀，一手拄著枴杖，小心地穿越週末熙攘的人群，走過長長的街道，去看了一場電影。

一路上，當我不禁想起小時候和父親以及一群叔叔伯伯，踏著月色去九份看電影的情形的同時，父親正好問我說：「記不記得小時候我帶你去九份看電影？」

那是我人生第一次一個人到臺北、第一次單獨和父親睡在一起、第一次幫父親剪趾甲，卻也是最後一次和父親一起看電影。

那是一家比九份昇平戲院大很多的電影院，叫遠東戲院。那天上演的是一部日本紀錄片，導演是市川崑，片名叫《東京世運會》。

片子很長，長到父親過世二十年後的現在，還不時在我腦袋裡播放著。

心意

他不記得父親這一輩子在子女受到挫折或得到榮譽的時候，曾經用擁抱來鼓舞或嘉勉過他們；至於這輩子父親的嘴巴是否冒出過「我愛你」這三個字，他更始終存疑。

在母親年紀比較大的時候，他曾經有一次以玩笑的方式試探著問她：「媽，爸爸這輩子有沒有跟妳說過『我愛妳』？」

沒想到他母親的回答竟然是：「他？如果他跟我這樣講，我一定覺得他瘋了，不然就是醉茫茫把我當成哪個酒家女！」

因此他倒是清楚記得大約三、四歲的時候，有一段時間父親傍晚一回到家都會把他叫到身邊，打開鋁製的便當盒，用筷子戳起裡頭的兩顆魚丸遞給他，然後靜靜地看著他吃完。

也許這是人生中少數和父親那麼接近的時光，所以記憶特別深刻，尤其是父親那時候的神情——嘴角隱約的笑意和那麼溫柔的眼神。

有一次他把這樣的記憶告訴母親時，她嚇了一大跳，說：「你的腦袋到底什麼時候就開始記得這些亂七八糟的事？」

她說，那陣子他父親和一些年齡相近的人每天都得帶便當去九份接受「國民兵」訓練，因為他父親吃飯一定要配湯，所以午餐時他會買一碗魚丸湯，只喝湯，魚丸則帶回來給兒子。

除此之外，往後似乎就沒有任何類似「父子情深」的記憶。

記得國小畢業他考上第一志願的初中時，里長興奮到用「放送頭」全村廣播，說這是村子裡二、三十年來的第一次，說他個子雖然小，但是「胡椒要是會辣的話，再小的都辣」等等。

那幾天，村子裡所有人只要看到他莫不是笑臉和讚美，唯獨他父親不但像平常一般面無表情，甚至還當著他的面不以為然地跟人家說：「人家的孩子是畢業後開始出去賺錢，他卻開始花錢！」以及「有什麼好恭喜的，是不是個料要長大以後才知道！」

不過，放俸那天當朋友以「兒子中狀元」這個理由要他父親去九份喝酒請客時，他父親卻又完全沒有拒絕的意思。他不知道父親那天晚上到底喝到幾點才回來，只記得隔天醒來的時候，父親還在睡，鼾聲如雷、一身酒味。

媽媽到溪邊洗衣服去了，飯桌上除了早餐的飯菜和碗筷之外，還有一個小小的、長方形的紙盒，裡頭是一支嶄新的「俾斯麥」牌的鋼筆。

他和念五年級的弟弟以及過暑假要升三年級的妹妹興奮地看著，但沒有人敢去叫醒父親，問這支鋼筆到底是要給誰，儘管他們心裡其實都清楚。

是他妹妹先開口，她小聲地說：「會不會是要給我的？我三年級了，要開始用鋼筆了……」

他父親的鼾聲忽然停了，不久之後他們聽見父親的聲音從通鋪那邊傳來，有點含糊地說：「妳給我吃卡歹咧！」

弟弟的成績老是不太好，所以他頗有自知之明地以哀兵的口氣說：「這一定不會是給我的啦，我知道。」

父親也毫不猶豫地在裡頭回應說：「知道就好！」

是給他的，果然沒錯。

但當他隱忍著興奮，在弟妹羨慕的注視下小心地打開紙盒時，沒想到父親在裡頭又冷冷地出聲說：「那個不便宜哦……要是用壞了，你給我試試看！」

他那天的日記就是用那支新鋼筆寫的，他寫著：「爸爸今天買了一支俾斯麥的鋼筆給我，獎勵我考上初中。這支鋼筆很貴，爸爸可能要做好幾天的工。他的心意和這支筆我都要永遠珍惜……」

他和父親從沒「溝通」，但心意卻又好像彼此都懂。

遺書

他不知道警察是怎麼找到公司電話號碼的。總之，當聽到話筒的那邊說：「請問是梁先生嗎？這是××分局……」的時候，他知道事情就如同他所預料一般地發生了。

警察說在濱海山區一條荒僻的道路上發現了登記在他弟弟名下的一部車子，有人死在裡頭，死因可能是廢氣中毒，因為現場看到的景象是車子的排氣管明顯接著水管拉進車內。

「你弟弟的車是Mondeo 沒錯吧？」

「對不起，我不是很清楚……」他說。

「他多久沒跟家人聯絡了？」

「我不知道。」

「你們有報案嗎？」

「這你們不是可以查出來嗎？……我不知道其他人有沒有，我個人沒有。」他說。

警察或許從他的語氣裡感覺出他的焦躁（或者，冷漠？）吧，沉默了一下。

「因為我們不確定死者是不是你弟弟，所以希望你能來一下！」警察說。接著斷斷續續地解釋因為檢察官和法醫還沒到現場，所以不知道是他殺或自殺，死亡日期也不確定，不過警察說，依照他們透過緊閉的車窗所看到的屍體狀態判斷，至少也有四五天以上了。

「我大概一個小時內會到。」他說。

掛上電話之後他招手要助理進來。

助理拿著筆記本隔著辦公桌安靜地站著，等他開口，但他的腦袋忽然一片空白。

「那個……」他說，但不知道接著該說什麼。

助理有點不知所措地看著忽然暴躁地站了起來，走到窗口抽菸的他。

窗外是細雨中的城市，被灰濛濛的雲層覆蓋著。從十五樓的高度可以看到城市邊緣墨色的山脈，由濃而淡層層疊疊隱現在雲霧之間。

「以前……我們曾經從那邊的山上遠遠看向這邊，你記不記得？」他想起弟弟最後一次來公司的那天，他透過會議室的隔間玻璃遠遠看到的弟弟就像自己此刻一樣，抽著菸，背對其他人安靜地看著窗外。當會議結束他走進辦公室時，弟弟回過頭看他一眼笑笑地說：「沒想到現在我們卻站在這裡看向那裡……」

他走向窗邊接過弟弟遞過來的菸，窗戶上反射著兄弟倆淡淡的臉孔。

「哪天——應該再去那邊的山上往這邊看……不過，那條路說不定都不在了。」弟弟說著，他看到弟弟的眼眶有隱約的淚花：「三四十年沒有人走，早就被蘆葦掩沒了吧？」

沉默了好久，最後弟弟說：「而且，我們也背不動那兩個小的了。」

「我弟弟過世了。」最後，他終於出聲，彷彿告訴自己一般，跟一直站在背後的助理說。

玻璃上浮現著助理有點驚訝的表情，以及或許隱約聽到他的聲音於是紛紛從位子上站起來看向這邊的其他人。

「怎麼會？」

他沒回答，也沒回頭。

他忽然想著，那天站在這裡等候他開會結束的漫長過程中始終沒有轉身的弟弟，是不是就如同此刻的自己一般，是因為不想讓人家看到自己的眼淚？

整個辦公室陷入一陣死寂，所有人似乎都僵立不動，MSN招呼的聲音此起彼落，但好像沒人回應，沒有鍵盤滴滴答答的聲音。

公司的人大多跟弟弟熟，曾經也都喜歡他，因為這一兩年來差不多每隔一陣子他都會出現。每次進公司總習慣帶一些點心、小吃過來，然後熱切地招呼大家吃喝，把辦公室的氣氛搞得像夜市一般。尤其是他總有辦法把他經歷過的人生大小事當成笑話講，即便是最窩囊不堪的事。

而當所有人都笑成一團的時候，他卻又忽然感傷地說：「啊——總之，都是過去式了！」然後就把這句話當句點，收拾掉所有的笑聲，一轉身以另一個表情走進他的辦公室，關起門跟他談正事。

後來他們給他一個綽號叫「Tora桑」。那是日本有名的系列電影《男人真命苦》裡的男主角名字。他們說弟弟不僅個性像，甚至連長相也都有點像。

但是，慢慢地他們也跟他一樣，很怕弟弟出現。他一出現，即使是招呼或者笑聲都可以聽得出勉強和尷尬。

因為後來他們都知道弟弟是來跟他調錢或者找理由借錢的，而數目愈來愈大，理由愈來愈牽強，而且被拆穿的次數愈來愈多。

比較起弟弟，老實說，在人生的路上他是走得比較平順一點。

雖然同樣是初中畢業就離家到城市工作，每一步都走得辛苦，但如果用一種俗濫的比喻說人生像摸著石頭過河的話，至少他都摸得到下一顆石頭，而且也都可以踩穩。而弟弟的每一步好像都會落水一次、掙扎一番才勉強摸到另一顆，而且摸到的可不一定比先前的寬闊、穩定。

比如同樣是當學徒的階段，他換過幾個行業之後就找到可以半工半讀的工作，而弟弟卻始終四處流蕩，不是碰到苛刻的老闆就是凶狠的師傅。

退伍之後他很快找到工作，並且順利考上夜間部大學，甚至還因為發表了幾篇文章而多了一個兼職的收入，但晚他兩年退伍的弟弟卻偏偏遇到石油危機的普遍不景氣，半年多之後才勉強找到工作。

儘管如此，那時候的弟弟至少還是明朗、積極而且健康的。

那一陣子晚上下課回到住處只要看到樓下停著弟弟的摩托車，他心裡就有一種溫暖的感覺。

覺得自己可以有一個地方讓疲憊的弟弟安心地休息真好。

覺得可以當一個被信任被倚靠的哥哥真好。

記得有天晚上他開門進宿舍的時候，弟弟已經睡了。書桌上放了幾袋他帶回來的夜點，臭豆腐、蚵仔麵線、當歸鴨之類的，而且分量總是多到誇張。洗完澡之後，他一邊吃著那些已經涼掉的東西，一邊看著弟弟沉睡著的臉，看著看著他忽然想起幾年前還是學徒時候的一段往事。

記得是冬天，過年前不久的半夜，弟弟忽然從工作的基隆跑來臺北找他。也許怕吵醒老闆一家吧，他不敢按電鈴，撿了一根樹枝敲他房間外的氣窗，不知道敲了多久他才從夢中驚醒。當他開門看到弟弟的第一眼時，眼淚就忍不住流下來了。

弟弟好像是工作到一半倉皇離開，所以連衣服也沒換。那年代的工作服無非就是已經不合身的學生制服，袖子、褲管都短了幾號，而且全身上下沾滿了烏黑黏膩的機油，整個人看起來就像在外流浪多年的遊民。

那時候弟弟在汽車修理廠當學徒，常寫信跟他抱怨師傅動不動就打人，但結尾總是像安慰他也安慰自己一般地說：「為了學人家的功夫，我一定會忍耐……」

弟弟說那天因為動作慢，師傅忽然就一個耳光過來，他本能地想閃，沒想到反而被直接打在耳朵上，之後他就完全聽不見聲音。

「我怕聾掉——想去看醫生，但是我沒有錢……」弟弟說，「所以只好來找你。」

也許聽覺還沒恢復，所以整個過程弟弟幾乎都是用很大的音量說著，但是他沒有阻止。

後來他燒了熱水帶弟弟去洗澡。脫掉衣服的時候，他看到弟弟瘦骨嶙峋的背上竟然有好幾道長長的傷痕，有黑有紅縱橫交錯。

「引擎的皮帶打的……」弟弟說，「剛打到的時候不會痛，打完才會痛很久。」

洗完澡後，他叫弟弟趴在床上他去找碘酒幫他上藥。也許太累了，當他找到碘酒進來的時候弟弟已經睡著了，他猶豫著要不要現在幫他上藥，因為他怕碘酒的刺痛會驚醒他。

然後他看見弟弟稍微移動了一下姿勢，一如夢囈般說：「不要跟爸爸媽媽說……不要說哦……」

雖然都已經是幾年前的事了，但看著此刻同樣沉沉睡著的弟弟，記憶裡那些依然清晰的畫面和聲音還是讓他忍不住淚流滿面。

那天夜裡忽然醒來的弟弟看著他卻以為哥哥是為他的現況擔憂，竟然反過來安慰他說：「不要煩惱啦，我會找到工作啦！」

然後要哥哥幫他重新寫一份自傳。

「不要寫太文學，寫完我來抄。」

後來弟弟說，那天去面試的時候，管人事的女人看完那篇自傳一直用懷疑的眼光看他，然後要他寫下聯絡地址電話。弟弟說他才寫幾個字，那女人就發飆開罵，說她就知道那篇自傳絕對不是他自己寫的，嫌他字醜，還說他不誠實，說她們公司不要不誠實的人。

「幹！」他記得弟弟一邊點菸一邊說：「保險公司的業務員誠實哦？挑屎不會偷吃啦，誠實？」

人生很多滋味都要到一個年紀才懂得去細細品味，比如類似這種相濡以沫的感動和幸福。

然而當你一旦懂了，一切卻都已經遠了。

遠了——到底是年紀？是有了自己的家庭，因此有了另一種責任和更親近的關係？還是工作、生活以及彼此人際關係上的落差，所以把原先那麼緊密的關係給稀釋或拉遠了？

即便到現在他依然不解。

退伍之後的弟弟做過很多工作，後來開了一間小型的工廠做代工。然後結婚生小孩。不久工廠倒閉，還因為票據法短暫入獄。

他則是進了傳播界，在壓力極大的環境下平順地工作著。

第一次他覺得彼此之間那種緊密的聯繫似乎即將慢慢消失的起始點，就在弟弟坐牢期間他去探監的那一刻。

隔著玻璃他都還沒有開口，弟弟竟然透過話筒說：「你是名人，不要到這裡來！」然後就在所有人詫異的注視下轉身離去。

他從沒有問過弟弟當時那種詭異的反應的理由，即便是弟弟出獄不久有一天忽然出現在他家裡，跟他借錢說想買車當計程車司機，在開車去銀行領錢的路程中他寧願忍受彼此之間那種尷尬而痛苦的沉默，也不敢開口問弟弟為什麼。

「長大以後，這個弟弟是要替哥哥提皮包的。」他記得一個夏天的午後在屋外的榕樹下，那個瞎眼的相命師曾經這麼說過。

他不確定那是幾歲的事，但他記得那時自己跟祖父坐在樹下的竹椅上，甚至清楚記得祖父抽菸的樣子和菸斗的顏色。記得坐在地上的弟弟短褲滑到肚臍下，汗水和泥塵在他額頭和腿上縱橫的痕跡，記得他不停地把快流到嘴巴的鼻涕給吸回去的樣子。

後來他才知道，弟弟竟然也記得那句話。

有一段時間弟弟曾經在他公司上班，過年回老家，鄰居問他現在在做什麼的時候，他聽見弟弟用有點自暴自棄的語氣說：「在替我哥哥提皮包！小時候相命的就說過了，那個瞎眼的還真準！」

那是多年之後的事了。

那時候他已經離開原先的傳播公司，自己開了一家小小的影像工作室，而弟弟當了幾年的計程車司機之後，由於臺北捷運施工天天交通阻塞，加上私家車愈來愈多，收入很不穩定。換新車的錢一樣找他借，卻也從來沒還。而且每隔一段時間還會找理由幾千幾千地拿。有一天一個親戚來找他，說弟弟跟他借用了一大筆他預備買房子的錢，弟弟還不了，問他可不可以先替弟弟還錢……他終於約弟弟見面。

弟弟承認他賭博。

「除了這條路……我不知道還有什麼方法可以快速地讓自己的生活像樣一

點。」弟弟開車載著他好像沒有目的地地繞，一路繞一路說：「我不像你，筆隨便寫一寫，話隨便講一講就有錢進來。」

他沒有回話，任弟弟有一句沒一句地講。時而自嘲、時而抱怨，偶爾還插入對外頭的車子或路人的怒罵：「你以為馬路是你家的啊？」「妳不想長大結婚生小孩啊？」……

弟弟說，雖然天天在這個城市裡奔波，每天接觸許多不同的人，但終日封閉在狹小的空間裡的自己其實像一個孤魂野鬼，不認識任何人也不被任何人認識。到處都去，但前途茫茫、毫無方向：「一天十幾個小時跑下來，算算口袋裡的收入，可能還不夠別人在餐廳裡叫一道菜。」

「現在你是名人——」最後他說，「有時候我跟乘客說我是你弟弟，有的說，是哦，啊你怎麼在開計程車？有的說，你臭蓋！」

一路聽著的他忽然覺得蒼涼，覺得這個就坐在他身旁的弟弟似乎離他很遠很遠了。

不過，說不定弟弟也這樣覺得吧？他想。

後來車子穿越城市停在一個小時車程外的山路上。霧很濃，外頭白茫茫一片。

那是礦山的山頂，從那裡可以俯瞰如今已經成為廢墟的他們的故鄉，但那天什麼都看不見。

「我心情不好的時候常常自己一個人開車到這裡……想一想，想到有些事就會哭……」

「比如呢——？」

「都是一些無聊的事……你不會記得的，」他說，「像有一次，爸爸受傷在羅東住院，媽媽在那裡照顧他，有一天那兩個小的因為桌上沒有菜不吃飯，一直哭，你忽然說，那我們去遠足！還做了一大堆飯糰給我們吃。」

他當然記得。

記得他背二弟，弟弟背小妹，帶著只是白飯拌醬油的飯糰走上山，然後沿著山上的小路穿過陰暗的相思樹林，一直走到盡頭明亮的山崖。

那天午後的天氣清朗，從那裡可以看得見山下的火車站，看得見無聲移動著的火車，以及它即將奔赴的在疊疊山脈遠處的城市。

他記得他跟弟妹們說：「那裡——有大煙囪的那裡是基隆——還有更遠更遠的地方就是臺北——以後，長大以後，我們要到那裡賺錢——然後拿錢回來給爸爸媽媽，這樣我們就不會沒錢買菜了……」

他記得這樣說著的自己忽然忍不住流下淚來。

他看到小弟小妹一口一口開心地啃著飯糰，而弟弟和他一樣，淚流滿面。

「我都還記得你在哭……」弟弟抽著菸說：「然後我也跟著哭……我喜歡那個時候……那時候我們都一樣，現在呢，不一樣了！」

他原本想問弟弟他所謂的一樣、不一樣說的是什麼，但忍住沒說。

「你要不要到我那裡……幫我忙？」最後，他開口跟弟弟說。

弟弟搖開車窗，扔掉菸蒂，沒有回答。

幾天之後，弟弟拎著一大堆點心、小吃進公司。他在辦公室裡聽見弟弟在外面跟同事說：「我哥哥叫我來幫他拎皮包。」

弟弟小他三歲，但也許長相比較老成，所以經常被誤會他才是哥哥。

弟弟在他公司上班的那段時間，他常聽別人跟他說：「你哥哥真是很好玩的一個人，好會講故事。」「你哥哥很耐操，好像都不用睡覺。」「你哥哥超會哈拉，連流氓來鬧場都會被他搞到變成哥們！」……

但不知道從什麼時候開始，這些內容開始改變。

「你哥哥有些帳一直沒付。」「你哥哥說，你們公司的財務調度有問題……你怎不跟我說？」……

有一年的年底結帳，他發現弟弟從公司支領的對外款項和應該沖銷的發票金額差距很大。

「我告訴過你好幾次，可是——你沒表示意見，我催他，他就說，我哥哥都沒意見你講什麼……」會計說。

春節前幾天，弟弟終於拿了足額發票回公司沖帳，但，所有金額都在一張發票上。

「這發票有問題——」會計說，「誰都知道這是假發票——可能是去外面買的。」

他拿著那張發票走出去找弟弟。弟弟躺在狹窄的道具間裡一張鮮黃色的沙發上蓋著外套在睡覺，地上扔著他的包包、鞋子還有醫院的藥袋。

他撿起藥袋看了一下，發現說明上竟然顯示著裡頭是抗焦慮劑以及安眠藥。弟弟睡得很沉，但眉頭深鎖。很久沒有這麼近去看這個既熟悉卻又陌生的弟弟了，他驚訝地發現曾幾何時弟弟也和自己一樣長出許多白頭髮來了。

或許是一種感應吧，弟弟忽然醒過來，像受驚的動物一般緊張地起身，把藥袋用力拿走。

「你什麼時候開始吃這個藥？」

「很久了。」

「是工作壓力那麼大嗎？」

「我不想說……」弟弟焦躁地從包包裡掏出香菸點著。

他把發票拿給他看。弟弟低頭不語。

「你覺得我應該怎麼處理？」他問。

「我怎麼知道？你書讀得比較多。」

「我當然知道怎麼處理，」他說，「可是我也想知道——這些錢你用到哪裡去了？」

弟弟忽然暴躁起來，把菸用力往地上一摔，用極大的音量說：「用到該用的地方啦，用到哪裡？你自己一個月賺多少錢你一個月又給我多少錢你自己有房子我到這種年紀還在租房子你拿錢回去給爸媽我也要拿錢回去給爸媽啊我還要幫你在親戚面前做面子要用你的名字送花圈送花籃包白包包紅包還要包得比別人大我還要幫你在外面做面子交際應酬要替你感謝人家我們業務要請人家吃飯還要續攤那些白包紅包不是錢啊那些白包紅包還要叫人家開發票開收據啊叫女人給人家打砲還要叫人家開收據啊你們都當好人當名人壞人都是我在當你知不知道啊……」

他走出去時弟弟還在裡頭繼續大聲嚷著，只是後來夾帶著哽咽愈來愈模糊了。

農曆年過後，弟弟沒有來開工拜拜領紅包。

一個同業的好友打電話給他，說弟弟到他那邊上班了。他知道弟弟的事，但是他願意給弟弟機會。

「還有——」他笑著說，「你跟他太近了會給他壓力，因為你太亮眼了，別人不容易看到他的能力和成就。」

那麼親近的朋友，道謝彷彿是多餘的，但也許是心裡還是存在著某種擔憂吧，他告訴朋友說：「財務上的處理，你還是要多注意，錢千萬不要給他管。」

這樣說著的他，不否認有一種告密或揭人瘡疤的罪惡感。

也許朋友的觀察比較客觀，之後一兩年弟弟在工作的表現真的亮眼，也許還因為參與了一些廣告和電影的演出，因此除了業界之外，在除了他自己之外別人不一定了解的世界裡，或許也有了可以讓他覺得滿足的身分。

那樣的世界同樣地也存在於他的身邊，只是他不在意，但，或許弟弟在意，甚至把它當成生命中重要的支撐也說不定。

那是弟弟最後一次出現在公司那天之前，他曾經有過的疑惑。

那一天弟弟在窗口抽完菸之後，第一句跟他說的話是：「你都知道了……那我講什麼都沒有意義了。」

弟弟的眼神和表情出奇地平和。

「我不會再跟你拿錢了。」

「我也不會再給你了。」他說，「那樣的數字對我來說，請你相信，我沒有能力。」

「我們知道你是古意人……我們也有分寸，我們是做生意的，不像那些地下錢莊，我們不會把事情牽拖到你身上，這你放心。」那人看了一下手上一疊類似借據的簽單，他看到上面有他弟弟龍飛鳳舞的簽名：「我這邊是三千六百多萬，另外一家聽說也兩千多萬……這是我探聽出來的。」

那是一家不經過特別的程序，一般人絕對無法輕易發現或者進入的賭博電玩店內側燈光有點暗的小房間。房間內線香的味道很濃，那人坐在泡茶桌前，油亮的額頭反射著一旁供奉著神像的供桌上紅色蓮花燈的光。他年紀不大，應該四十不到，挺和善的臉。旁邊坐著兩個二十出頭的女孩，有點好奇地不時掩著嘴偷笑看著他。

「你怎麼知道這裡呢？」那人一邊幫他斟茶一邊說：「剛剛外面的人說你要進來，老實說我以為你會不會帶記者或是警察來，不過，奇怪呢，我竟然很相信你這個人。」

知道這個地方，其實是另外一個同樣說「我相信你這個人」的陌生人告訴他的。

那是一個忙碌不堪的星期一，那天他在公司忙到很晚，晚餐都還沒吃的走到地下停車場，發現他車子旁邊站著幾個人，一看到他就說：「不好意思，我們是之前打過電話給你的人。」

他沒有任何驚訝或恐懼，只覺得該來的會來，而現在終於來了，如此而已。開始陸續接到要找他弟弟的電話是幾個月前的事。那時候，他已經橫下心不再相信弟弟任何借錢或調錢的理由了。

朋友終於打電話跟他說，他已經很嚴肅地跟弟弟談過，請他離開公司。他說因為有些事已經影響到他公司其他人的工作氣氛。

「一些莫名其妙的電話和奇怪的人常出現在我這裡，」朋友說，「你自己也要小心，你的臉太容易被認出來，而且，太多人都知道他是你弟弟。」

離開他的公司之後，弟弟雖然偶爾會來周轉現金，但理由都是朋友的公司暫時急需，而借還之間也都遵照約定，因此他也不以為意。不過，除此之外，偶爾弟弟還是會用各種理由跟他借錢，比如買車要頭期款、小孩註冊、甚至手機掉了手頭上剛好沒錢之類的，當然一切一如以往，有借沒還。

這種層出不窮的狀況要說他心裡沒有疙瘩沒有埋怨是騙人的，可是即便每次弟弟出現在公司都讓他煩躁甚至不悅，但他總還是鄉愿地告訴自己以及公司其他人說：「如果困擾是可以用金錢解決的話，就不要把金錢這件事當作困擾。」

直到有一天，一張數額很大的支票跳票了，會計很緊張地告訴他那是弟弟從朋友公司拿來周轉的支票。他猶豫了好久之後，終於下定決心要會計偷偷打電話去朋友公司求證，而回傳過來的消息是他們公司沒有收過這張支票，也沒要弟弟周轉。

會計還告訴他說：「我順便問了一下，才知道，他們從來沒有要你弟弟跟我們周轉過任何錢。」

他找到弟弟，跟他說：「之前我相信你所有理由，但，現在不管是不是真的，我都會懷疑你是在騙我，我不喜歡這種感覺，所以，你可以找我幫任何忙，但，錢的事，你不要再找我。」

弟弟低著頭沉默了一下，冷冷地突然跟他說：「我不會找你了……說不定你們再也找不到我了。」

然後就真的失去聯絡，一直到他最後出現在辦公室的那一天。

停車場裡突然出現的那些人，一點也不介意地明白告訴他說他們是地下錢莊。

「你弟弟有時候會跟我們說，是替你公司借錢，我們有稍微做了一下功課，發現你公司好像沒有這種需要……不過我們還是需要你幫忙，找你弟弟出來大家商量一下看怎麼解決，跟他說大家都這麼熟了，不用怕，我們是正派經營，不像其他的，會動刀動槍。」

「他欠你們多少？」

「還有六百多萬。」

「還有——是什麼意思？」

「哦——南京東路那個公司的老闆幫他還過八九百萬，我們知道他已經離開那家公司了，現在找不到他的人，你是他大哥，我們相信你一定願意幫我們這個忙。」

「我們也是後來才知道原來他是跟地下錢莊借錢。」那個人站起來一邊點香一邊說：「如果早先知道，我們說不定會勸他不要這樣玩。」

他恭敬地朝牆上的神像拜了拜，把香插上。

「大家都很熟了，彼此都信任，所以才會讓他簽這麼多錢，」他坐下來把茶壺涮乾淨換上新茶葉，「你不要以為這些錢是我們賺的，不是，是我們先墊給其他贏家的，如果他不還，我們也是受害者。」

然後他說外面有事他得出去處理一下：「這兩個跟他很熟，你想知道什麼她們都可以跟你說，不過，不要寫去演電視就好！」

「他是好人，很好玩。」女孩說，「還帶我們去當過臨時演員，這裡很多人都認識他，都叫他大製片，也有人叫他大明星、大導演，還要他簽名。」

女孩說每次他來的時候都會帶一大堆小吃、點心請大家，還會說很多影劇圈的八卦給他們聽。

「我們有一個小姐的爸爸生病，他還替他介紹醫生。」

「對啊，我哥哥結婚，我只是隨口告訴他，他竟然包紅包，害我很不好意思。」

「有時候看他輸太多，他還會安慰我們，說小事啦，他只要回去好好想幾個廣告劇本出來就可以賺回來！」

「他想的廣告都很好笑，不然就很不一樣，很好看。」

「比如呢——？」他笑著問。

女孩講了好幾個，都是他公司和朋友公司拍的，但，大多與弟弟無關。

「他每次輸光了，都說要回去公司拿錢，沒多久真的又進來……」

「有一陣子比較少來……他說因為你媽媽生病了，癌症。」

……

聽著聽著，他一度以為他聽的是故事，是與他無關甚至是有點荒謬、俗濫的肥皂劇。

「他說你以前都會跟他講話講很久，現在比較忙，都沒機會說……」女孩說，「不過，他好像很敬重你，因為他跟我們說過，如果下輩子的兄弟可以挑的話，他還是希望再當你的兄弟。」

他抬起頭茫然地看著那女孩。

「真的。」另外的女孩說，「我也聽過他這麼說。還有——你跟他說，如果以後不來了，也可以打電話給我們，我們很想念他呢。」

那天在辦公室告訴弟弟那些女孩殷勤的囑咐時，他的臉上短暫地閃過久違的笑容。

「你有想過要怎麼解決嗎？」後來他問弟弟。

「你以前不是說過，可以用金錢解決的事情是世界上最簡單的事。」弟弟說著站了起來，走出去之前也許看到書架上兒子的照片，站在那裡看了好久才說：「你記不記得他為什麼叫我阿噗叔叔？」

「記得啊，學講話的時候，你都教他吐口水……」

「那時候那麼小一隻，沒想到現在長這麼高。」他說：「我好久沒看到他了。」

「他都在，是你不來。」

「他的命比我們好太多了……」弟弟說，「可惜的是他沒有弟弟或者哥哥。」

「我跟你說——」最後他忍住情緒跟弟弟說：「我沒有能力幫你處理那麼大的事，但是，你家裡或者小孩需要什麼幫忙，隨時告訴我。」

弟弟看著他，似乎想說什麼，但終究還是沉默著，轉身走出他的辦公室。

他聽見外面同事跟弟弟說前幾天晚上在電視上看到他以前演過的電影，「你演得好好笑，好寫實！」

「拜託哦，」他聽見弟弟說，「都是過去式了！」

然後聽見他跟所有人逐一說再見的聲音。

山區多雨，臺北都已經是那樣的天氣了，一如他所料，山上更是斜風細雨濃霧瀰漫，視線很差。當他轉入山路看到前面有黃色警戒線和警察時，距離已經近到差點來不及煞車。

警察靠了過來認出是他如釋重負地說：「電話還沒來得及跟你說正確的地方你就掛斷了，然後一直關機，啊你公司說你已經出來了……我還在想這下子要用什麼方法聯絡你，還好你竟然知道是這裡……」

是啊，怎麼知道是這裡？但，就是知道。一如一種本能一種直覺，或是一種牽連。

他停好車，跟著警察走了過去。小時候走過的路並沒像弟弟所想的那樣被蘆葦掩沒，反而拓寬了，只是原先長滿相思樹的山坡現在光禿禿的，長滿雜草。也許是被闢建成垃圾場吧，遠遠就可以聞到濃烈的燃燒垃圾的味道。

然後他終於看到停在路邊的車，車後排氣管上接著的兩條黃色水管醒目地塞進後座車窗。車子的駕駛座這邊對著山谷，山谷下是昔日他們的故鄉，而車頭的方向正對著的遠方是可以看到火車可以看到城市——小時候曾經充滿想像的地方。

「是你弟弟嗎？」檢察官和他一起靠近，指著車內的人問。

他點點頭，雖然透過滿是雨水的車窗看到的是有點發黑變形的臉孔，但的確是他。

法醫和葬儀社的人把口罩和手套戴上，有人點起一大把香，有人熟練地用鐵條插入車窗的縫隙打開車門，然後看向他，示意他靠近再確認。

他走了過去，在線香和屍臭以及垃圾燃燒的複雜氣味中看著弟弟。他靠在放低的椅背彷彿沉沉地睡著。

這說不定是這一兩年來他最沒有負擔的一次睡眠吧？他想。

弟弟的雙手放在肚子上，有白蛆蠕動著的手掌下隱約可以看見覆蓋著一個文件夾。

他看到紫黑色的臉上靠近眼角的地方卻有著白色的斑點，像淚水。

他靜靜地看著，想著：也許得去買一套特大號的衣服才能裝得下膨脹成這樣的身體……如果下輩子可以選擇，他要不要選擇這樣一個讓他又愛又恨的弟弟……他該不該告訴人家其實他作過一個夢，夢見這樣的畫面，就在今天清晨……他該不該告訴人家其實他知道那天弟弟是來跟他告別的，他彷彿知道那是最後一眼……

「這應該是要給你的吧？」法醫戴著手套的手遞過來一張A4大小的紙，上頭有字，還有濕濕的、顏色詭異的水痕：「我拿著你看就好，上面有屍水。」

他還是伸手拿了過來。

上面是他熟悉的弟弟的字體，幾個字就寫滿了一張紙。

大哥
你說要照顧家裡，我就比較放心
辛苦你了
不過
當你的弟弟妹妹
也很辛苦

這時濃霧深處忽然傳來山下火車喇叭的長鳴，聽起來就像男人的哀號一般。

PART

2

日夜惦記的地方

可愛的冤仇人

我很討厭那個警察。從外表就開始討厭起。

禿頭、凸肚、還有……狐臭。他的制服從來沒有平整過，而且不是少了釦子就是綻了縫。有一次我媽好心要他脫下來幫他補，他竟然大剌剌地就穿著已然發黃而且到處是破洞的內衣，腆著肚皮和一堆礦工在樹下喝起太白酒配三文魚。

聽大人說他和主管不合，所以不但老是升不上去，而且分配的管區就是我們那個從派出所要走一個小時山路才到得了的小村落。

他沒有太太，據說是在基隆河邊淘煤炭時不幸淹死了。不過，有個女兒低我兩個年級，她應該像媽媽吧，因為沒她爸爸那麼胖，而且長得還算好看。

這個女兒經常是我們那邊的人送他禮物的好藉口，比如春末夏初我媽會到隔壁村落挖竹筍，看到他就會給他一袋，說：「炒一炒，給你女兒帶便當。」

過年全村偷殺豬，那種沒蓋稅印的肉，我父親甚至都會明目張膽地給他一大塊，然後一本正經地跟他說：「這塊『死豬仔肉』，帶回去給你女兒補一補。」

父親這輩子最大的缺點就是好賭。每年至少總有一次媽媽會因為賭博這件事和父親吵到離家出走，不是嗆聲要「斷緣斷念」去當尼姑就是要去臺北幫傭「自己賺自己吃」，而最後通常都是我循著她蓄意透露給別人的口訊，去不同的地方求她回來。

有一次我受不了，把這樣的事寫在日記上，老師跟我說可以寫一封檢舉信給派出所，要他們去抓賭。老師特別交代說：「要寫真實姓名和地址，不然警察不理你。」

不知道是老師太單純還是我太蠢，我真的認真地寫了信，趁派出所的服務檯沒人的時候往上頭一擺然後快跑逃開。

兩三天後一個週末下課回到家，看到那個警察正開心地跟父親以及其他叔叔伯伯在樹下喝酒聊天，他一看到我就說：「應該是他寫的吧，沒想到小小的個頭文筆卻那麼好！」

他竟然把我那封檢舉信拿給半個村子的人觀賞！

我被父親吊起來狠很地打，叔叔伯伯還在一旁加油添醋地說：「這麼小就學會當抓耙子，該打！」

最後攔阻父親並且幫我解下繩子的雖然也是他，但，從那時候開始到我離家到臺北工作的那段時間裡，我再也沒正眼看過他一次。

再看到他是將近二十年之後的事。

那時父親因矽肺經常住院，有一天我去醫院探視，才打開病房的門就聞到一股濃烈而熟悉的狐臭味，不用說就知道坐在父親床邊的那個老人是誰了。

他笑著問我說：「還認得我嗎？」

我心裡想說：「要忘掉你還真難咧！」

他得意地跟我說：「剛剛我還跟你多桑講，我眼光真的不錯，小時候就看出你文筆好，你看，現在不但在報紙寫文章，還『寫電影』寫到這麼出名。」

最後一次看到他是在父親的告別式。那是一個颱風天，跟大多數的人一樣，他全身濕透。不過比較特別的是，他還沒拈香就先走到我的面前，嘴唇顫動了好久才哽咽地說：「要孝順你媽媽哦，你爸爸跟我說過，說他這輩子最對不起的就是你媽媽……」

不知道是現場線香的味道太過濃烈還是怎樣，雖然靠我那麼近，近到可以清晰地看見淚水順著他深深的法令紋流到下巴的我，卻沒聞到他身上有任何讓人不舒服的異味。

幾個月前去一個大學演講，結束的時候一個孩子過來問我說認不認識×××？

說那個人是他的外祖父，就是當年害我被父親吊起來打的那個警察。

他說外祖父常放《多桑》的ＤＶＤ給人家看，然後跟人家說：「那個警察就是我啦！那個吳念真記得我哦！」

他說他外祖父死了，兩年前的冬天。

說出殯的前一晚，他們把《多桑》的ＤＶＤ在他的靈前又放了一遍，因為外祖父曾經說電影裡的那些礦工都是他的至交，「萬一那一天……他們一定會來幫我帶路，跟我作伴。」

老山高麗足五兩

賣菸賣酒賣冰賣點心和零食的小店在村子的路口，是礦工們每天進出礦坑的必經之地，所以早晨、黃昏各熱鬧一次。

早晨當他們習慣聚集在小店前等同伴，一邊聽某人轉述昨晚NHK海外放送的新聞內容，一邊清點入坑的工具和炸藥。

黃昏再度聚集的時候，他們則是習慣邊吃東西邊聊天，順便讓風吹乾一整天都泡在水裡的膠鞋和腳掌。

礦工們的腳掌好像都很容易長雞眼或累積厚厚的一層角質，所以每隔一陣子總有人會跟小店的老闆借剃刀，把正好被水泡軟了的雞眼和角質給削掉。

做這種事似乎容易「傳染」，只要有人開始動刀，之後總是一個接一個削，削到到處都是厚厚的腳皮才罷休。

那天他們邊削邊感嘆，說村子裡恐怕又要少了個人，因為阿溪他已經陷入彌留狀態的娘昨天從醫院被抬回來，停在廳邊等斷氣。

也許話講得夠久，有人發現地上的腳皮都乾了，那些已經變成褐黃色還略帶透明的腳皮像極了切片的高麗參，連軟硬度都像。

也不知道誰起鬨，有人竟然去小店裡拿來半截裝線香的紅色包裝袋，把那堆腳皮一片片裝進去，然後在上頭認真地寫了字：「正老山高麗足五兩。」

他們說「足」有另一個意思，就是腳。

笑聲還沒停，村子裡的放送頭急躁地響起來，說某人家的廚房起火了，要大家去救火。礦工聽完一哄而散，腳皮沒人理，之後也沒人記得這件無聊事。

幾個月後某個黃昏的小店前，阿溪邀大家過幾天一起來喝他母親的壽酒。老人家奇蹟似地逃過六十九歲傳說中的關卡，反而比以前健壯地準備迎接七十大壽。

阿溪說「棺材裝死不裝老」真的有道理，多少年輕力壯的礦工可能就在災變的一瞬間過往，而自己的娘在廳邊躺了那麼多天，竟然可以起死回生；「所以，神還是要信的，千萬不要鐵齒。」

多年後，好多人都還記得阿溪講這句話時，那種神聖得不可侵犯的表情。

阿溪說他娘從醫院抬回來的第二天，他跑了一趟瑞芳的電信局，打電報通知南部的親戚，要他們有奔喪的心理準備；就在回來的路上，他忽然想到媳婦不久就要生產，自己就要當祖父，而阿娘就要當曾祖母，如果她現在就走，豈不是憾事一椿？於是他就合掌向天祈求，說願意讓一年的壽命給阿娘，讓她至少可以看到家裡第一個曾孫之後才走。

阿溪說沒想到才一進村子，月光下他看到有東西在路邊閃閃地泛著紅光，撿起來一看，竟然是一包「正裝老山高麗參，還足足五兩重！」他說：「這分明就是神明的恩賜！」

結果呢？……有人怯怯地問。

阿溪說他一回家，馬上抓了一把，慢火燉了一碗，然後自己含著，稍稍用力地一口一口「吹」進已經無法吞嚥的阿娘的嘴裡。

第二天，他分兩次用同樣的方法餵阿娘。

阿溪說：「沒人會相信，真的沒人會相信……隔天清晨我們都還在睡，阿娘竟然自己走到我們的眠床前，拉我太太的腳說：『都幾點了，怎麼還不起來煮稀飯？』」

所有人看著淚光閃閃的阿溪，一片靜默。

最後終於有人謙卑地出聲說：「阿溪，多準備一桌素菜吧，這一桌就算我們兄弟給你阿娘添壽的。」

阿溪感動地接受了。

之後彷彿就成了慣例，只要誰的媽媽過七十歲生日，這些人都會出錢辦一桌素菜給老人家添壽，這一桌他們就習慣稱之為「腳皮桌」。

誰都知道這個典故的由來，阿溪除外。

母親們

阿榮的媽媽從臺北法院回來那天的傍晚，村子的媽媽們都聚集在村子的路頭等候消息。

那天是阿榮涉嫌結夥搶劫宣判的日子。

他爸爸之前已經說過，就算判得再重也不會上訴，說有這樣的孩子跟沒有一樣，何況，他也沒錢替他找律師。

阿榮生下來就有點智能不足，但卻是鄰居所有媽媽們疼愛的孩子。

他整天笑嘻嘻的、不調皮搗蛋、不惹是生非，而且任勞任怨。「比自己的小孩還好驅駕（臺語：使喚）。」媽媽們都經常這樣說。比如臨時缺什麼要到一個小時路程外的九份去買，自己的小孩叫不動，只要交代阿榮，就算颱風天他也肯去，雖然偶爾會出錯，比如要他買麵線，他卻買鐵線之類的；要他幫忙顧小孩，他可以寸步不離，一背、一抱就是一個下午。

村子裡的孩子大部分小學一畢業就到臺北工作、當學徒，而他卻老是被打回票，所以一直待在村子裡，成了所有媽媽都可以使喚的孩子。

一直到十七歲，他才去成了臺北，在一個麵攤當洗碗工。十九歲那年，麵攤附近幾個小孩缺錢去搶劫，找他當把風，他竟然傻傻地跟著去。

阿榮的媽媽回來了，所有媽媽們相互擁抱在路邊哭成一團。爸爸們則在榕樹下沉默地抽著菸，一根接一根。

阿榮被判十年，不過，比起被槍斃的其他人，媽媽們說村子的神明果真有靈，因為為了這個審判，她們在神前一起發願吃素吃了一百天，祈求阿榮不用上刑場。

阿榮在監獄裡好像常被欺侮，輾轉託人轉告說可不可以給他一些錢，讓他可以打發那些人。

送錢進監獄好像不容易，他媽媽想到一個方法，把錢放在要給他的褲子的口袋裡，然後用針把口袋縫成上下兩層。檢查的人的確沒摸到，但阿榮同樣也找不到錢。

當時念初中的我奉命寫信給阿榮，在信裡頭還詳細地畫圖告訴他藏錢的地方，只是我們都不知道監獄裡每封信都會查，結果口袋裡的錢不但被充公，阿榮甚至還因此被處罰。

為了如何把錢拿給阿榮，媽媽們好像一直不死心，四處打聽有什麼好辦法。

有一天媽媽們忽然都神秘地聚集到我家，然後有如進行什麼儀式似地，每個人都拿出一張當時最大的百元鈔，坐在矮凳上撩起裙子，把鈔票在大腿上仔細地搓成細細的紙捲，然後用裁縫車用的細線密密地捆紮，捆成大約一根火柴棒的大小。

之後每個人又拿著一個生鴨蛋，就著門口的光，非常小心在蛋尖的地方用針一針一針慢慢戳出一個小小的洞，然後再把那個火柴棒大小的百元鈔票塞進去。

媽媽們雖然沒有驅開我，但隨時都有人警告我說：「你如果講出去，我就把你的頭剁下來當椅子坐！」

後來我才知道，這是媽媽們不知道從哪裡探聽出來的「偷渡」方法。

她們把塞著錢的生蛋下鍋煮熟，然後放進醬油的湯汁裡一次又一次地滷，好讓阿榮的媽媽去會客的時候把這些藏著錢的滷蛋送進監獄裡。

那是一個冬天的午後，屋子裡瀰漫著滷汁的香氣和媽媽們的沉默。

忽然有人說：「可是……阿榮這個傻瓜會不會笨笨地把這些蛋分給大家吃？」

在媽媽們有點驚慌的反應之後，我聽見阿榮的媽媽堅定地說：「不會啦，我會交代阿榮，說這是妳們替他過二十歲生日做的滷蛋……這裡面有不捨、有思念、有恩情，就算吃到吐出來，也要給我一個一個自己吃到完！」

頭家返鄉

有關「老頭家」的故事好像從有記憶開始就斷斷續續地聽大人們說著，雖然不清楚他到底是誰，不過倒記得大人講起他的時候，經常都是一副敬仰的神情。

大人們說老頭家是嘉義人、美男子、有才情、留學日本……說他娶了當時大家公認的嘉義第一美女；說娶親那天有吃醋的情敵躲在路邊用泥巴丟新娘的轎子，而有個懂命理的大師看到沾滿泥巴的轎子就鐵口直斷：「新郎婚後一定發大財，因為新娘帶了田土來！」

他們說大師真準，因為老頭家從嘉義到九份以振山公司的名義承租採礦權，不久之後就挖到金脈，根據我祖父的描述是：「賺到的錢三代吃不完！」

那老頭家現在在哪？噓，不能說。

祖父講起老頭家就像在講一個心儀的英雄、一個古代的俠客，浪漫又豪放。他說有一年的尾牙，老頭家要獎賞礦工，而當時是老臺幣，不值錢，鈔票的面額大到令人傻眼。祖父說老頭家用卡車載了不知道幾百麻袋的鈔票回來，在事務所裡頭把所有錢都倒出來，大小面額全混在一塊兒，像一座山。

工人下工後在事務所排一排，祖父說老頭家好像喝了一點酒，臉紅紅、笑咪咪，手上拿著一個竹畚箕，要大家脫下上衣當容器，不管工人的層級是師傅還是最低階的運土工，只問：「幾個小孩？」然後一個小孩兩畚箕，三個小孩四畚箕，沒有小孩的一畚箕……至於一畚箕到底多少錢，大家憑運氣。

祖父說：「全臺灣的歷史上，這款頭家你找不到第二個。」

一九五九年的秋天，村子裡忽然一陣騷動——老頭家終於要回來了！

就如同準備迎接盛大的祭典一般，全村開始鋪路、清理環境、大掃除；接著所有電線桿和牆壁上到處貼著「歡迎劉老闆返鄉」的紅紙。

當時小學二年級的我才明瞭或許大人嘴裡常說的「老頭家」，其實應該是「劉頭家」才對。

劉頭家回來的那一天，全村停工、停課，家家戶戶都準備長串的鞭炮，然後一大早所有人就站在門口望向山腰上102號公路往村子的岔口處。

那天早上祖父才跟我說，劉老闆二二八事件之後就被抓去關了，財產全部充公。說劉老闆在監獄裡很得人望，說只要有人要被槍斃，他都會幫他買一件全新的白襯衫給他們換上，說臺灣人要走也要走得乾淨、走得有體面。

祖父說，事務所的職員這十幾年間沒有人離開，由於老闆不在，所以他們的薪水都不是「領取」，而是用另一個名詞替代，叫「借支」。祖父說這叫情義，這種情義臺灣人才了解。

村子裡的鞭炮從劉老闆的車子出現在山腰上開始響起，一串接一串，到他下車跟好多人握手、擁抱，一直到被全村的男人擁進設在學校操場的歡迎式場時還沒停。

劉老闆給大家帶來小禮物，一個特別設計的紙袋，裡頭有一包健素糖、一打鉛筆、一把十五公分的塑膠尺以及一本筆記本，每戶以小孩的數量為單位，一個小孩發一袋。

那天中午全村的餐會前，他講了一段很長很長的話，我坐在圍牆上遠遠地聽著，有一段話至今依然記憶深刻，他說：「……我知道大家生活都不好過，不過，無論如何，卡艱苦也要讓小孩讀書，有讀書才有知識，有知識才有力量！」

我記得這段話，一如祖父一輩子都記得劉老闆俠客般的豪情與浪漫。

劉老闆的名字叫劉明，或劉傳明。美男子。嘉義人。

年糕

阿旺和我讀同一個小學，低我兩個年級，所以之前我並不認識他，不過他倒知道我，因為小學時代我是學校升降旗典禮的司儀。

遇見他的時候，我已經十七歲、他十五歲，兩個人都已經在臺北工作了。阿旺做事的鐵工廠和我住的地方其實就在同一條巷子裡，只是沒碰過面，直到有一天房東叫鐵工來裝鐵窗，扛著鐵架的小助手看看我，忽然笑著說：「你不是那個……升旗典禮開始，全體肅立嗎？」

之後只要有空，他就會跑到我租的小房間裡，講講話或者看我房裡為數不多的雜誌和書。

阿旺小學畢業就到臺北當學徒，我倒是比較幸運，多念了三年初中才來，之後雖然失學了兩年，不過認識阿旺的時候，我已經開始在補校念高中，所以阿旺很羨慕，說等薪水夠用之後，他也要重新念初中。

這個願望阿旺從沒實現過，因為之後所發生的事澈底改變了他的人生。

那天他突然出現在我房間門口，失神地看著我，然後好像站不住一樣慢慢蹲下來，開始斷續、沙啞地乾號，我一邊拉他，一邊問他到底發生了什麼事？好久之後才勉強聽懂他說：「爸爸死了……借我錢回去辦喪事……」

那年瑞三煤礦大災變，將近二三十個礦工同時死亡。

之後幾年阿旺常跟我描述礦坑口招魂的畫面，他說二三十面同時在風中飄動的白幡，上百個披麻戴孝的小孩和女人的哭聲，完全掩蓋道士「跪……拜……」的指令，說他只記得有人在一旁喊：「跪下！跪下！」然後就看到一堆小孩「像山上的芒草被風吹過一樣，從前面開始慢慢往後面矮過去。」

葬禮結束後，阿旺帶著十二歲六年級的弟弟一起到鐵工廠做事。

那年過年前的一個休假日，我陪阿旺和他弟弟去中華商場買衣服，阿旺說回去至少要穿像樣一點，他媽媽會比較安心。

我們先買他弟弟的，阿旺堅持一定要大兩號，所以一件卡其上衣穿在他弟弟身上就像布袋戲，弟弟有點求饒地看著我、看著身邊其他的顧客，有人說太大了，這樣小孩子跑跳會不方便。

我看到阿旺蹲下來，一邊把新衣的袖子和褲管都往上摺，一邊說：「卡其最會縮水，你們又不是不知道！而且小孩正在長，現在不買大一點的話，眼一眨就不能穿！」

當時自己忽然鼻酸，覺得阿旺怎麼突然老了，老得像他弟弟的父親。

除夕那天我們一起回去，或許災難已遠，整個礦區已經沒有傷痛的氣氛，遠處甚至還斷續響起鞭炮的聲音；阿旺有點哀怨地說：「你看，死那麼多人，大家還不都是在過年，別人哭都嘛只是哭一時。」

工寮這邊倒還清晰留著災難的記號，門邊貼上新春聯的是幸運而完整的一家人，門邊空白或者門楣上依然掛著已然殘破的紙燈籠的，彷彿就直接告訴我們說：在這個門內，有人淚水未乾。

進了他家，我和阿旺同時愣住，因為他父親的靈桌上堆了高高的一大落形狀不同的年糕，那時候我們似乎才恍然大悟，知道為什麼剛剛在小街上四處都看得到手裡捧著幾個年糕來來去去的婦人。

阿旺後來跟我講了好幾次，說他只要想到那些默默地替二三十戶人家多做了二三十份年糕的人的心，他就無法忘記這份情。

但他更無法忘記的是……自己曾經那麼自以為是的怨懟的心。

注：臺灣習俗，服喪之家過年不做年糕，但至親好友通常都會記得幫他們多做一份。

琵琶鼠

不知道有意還是湊巧，那對父子總讓人覺得是寧願遠離人群而活在他們自己的世界裡。

我們的村子坐落在山谷中，絕大多數的房子都蓋在山坡的向陽面，而他們卻挑了對面那個要到中午過後才晒得到太陽的山坳裡。

孩子的年紀好像跟我差不多，但我已經三年級了，他卻還沒上學，老看到他帶著一群五顏六色的狗在對面的山上遊蕩著。他長得跟他父親很不像，父親黑，他白，父親的臉孔看起來粗獷冷酷，他卻細緻柔和。

也許長相差異大，所以有關這孩子的來歷閒話就多，比較被「肯定」的說法是：宜蘭那邊一個年輕的女老師跟外省的軍人有了孩子，老師的父親是鄉長，他堅決反對這段感情，於是騙人家說女兒要到臺北進修，卻把她帶到頂雙溪的親戚家住了幾個月，把小孩生下來，然後給了一個正在附近幫人家墾山的羅漢腳一大筆錢，要他把那小孩「處理一下」。

羅漢腳看小孩可憐也可愛，最後就把他當自己的孩子，帶著他離開頂雙溪四處打工過活。當然，這是沒經過證實的說法，不過，倒也符合孩子為什麼沒上學的理由，因為沒辦法入戶口。

村子裡的父親們大多數是礦工，而這父親的工作到底是什麼我們卻都不懂，他好像什麼都不做卻又什麼都做，比如扛礦坑裡要用的木頭或鐵軌、整修村子通往外頭的山路、幫礦業事務所的屋頂漆柏油等。但最令人印象深刻的工作卻似乎都跟死亡有關，比如有人摔死在山谷，屍體得扛上來；或者有人吊死在山上，長蟲的屍體需要處理；甚至夭折的小孩得找地方埋，人們想到的絕對就是他。

他的本名好像沒人確定也沒人在意，大家都叫他的綽號「老鼠」，至於那個孩子的名字好像理所當然地就叫「老鼠子」。

這對父子的另一個傳奇是好像什麼都吃，自從某次有人發現老鼠子竟然千辛萬苦地爬下山谷把人家丟棄的死雞從草叢中找回去吃之後，只要村子裡有死雞、死鴨時，都會大聲地朝山的那邊大喊：「老鼠，有死雞哦，要不要拿回去炒薑絲？」

村子裡的人這樣的行為不但沒有任何貶抑的心思，甚至還有一點回饋的意思，因為老鼠通草藥，只要有人長了什麼不明的腫毒或者被蛇咬，都會去找他討草藥，要是有人想給個紅包，他都會粗聲粗氣地說：「給我錢幹嘛？給山神啦！這些都是祂賞賜的！」

不過，那些草藥對老鼠來說就像「秘方」一般，他都自己去採，然後磨碎、剁爛讓人無法分辨。

有一次弟弟發高燒，媽媽要我到對面山谷找「一葉草」；那是一種長在陰濕的草叢裡的草藥，長得很小也很少，要找到足夠磨出一碗藥汁的一葉草，老實說，那不僅得憑本事，更得靠運氣。

記得走過老鼠家的門口時，天已經暗了，那父子倆正在煮晚餐；我看到老鼠子在門外簡陋的爐子上攪動一鍋飯，老鼠正切剁著好幾隻剝了皮的「小動物」，而他腳邊五、六隻狗則忘我地嚼著什麼，我仔細一看，差點嚇呆！原來是山老鼠的頭、帶毛的皮和零零碎碎、血跡斑斑的內臟。

老鼠問我這麼晚了幹什麼？我說要找一葉草，因為弟弟在發燒。

他看看我說：「這麼晚了你哪裡找？有一葉草的地方蛇還特別多……你爸媽也太見外，不會在對面喊我一聲就好，這麼晚了還叫一個小孩來找。」

「你知道哪裡有一葉草？」老鼠轉頭問。

「知道啊！」他兒子說。

「那你還站在那邊看熱鬧？」老鼠說。

老鼠子一聽便領著我走向已經逐漸暗下來的山坡，撥開長得比我們還高的芒草、熟門熟路地往谷底走，好一會兒之後他忽然停下腳步轉頭跟我說：「我問你哦，每天你們在學校那邊很大聲唸的那個是什麼？二一二，二二四，二三六那個？」

「九九乘法表啊，你怎麼知道？」

「我也會啊，你們每天唸，我遠遠地聽，聽久了就會了！」

然後他就開始一邊走一邊唸，唸得比我還俐落順暢，當念到「九九八十一」的時候，還學我們的語氣把聲音刻意揚高。

「你們唸這個要做什麼用？為什麼沒唸對的老師都會打？」他問。

我真的不知道該怎麼回答，因為我也不知道背這個要做什麼，只好說：「考試要用。」

「哦。」他忽然又回頭問我說：「那我也可以去考試了？」

在手電筒微弱的光線下，我看到的是他認真地等著我回答的表情，不過，當我還在想應該怎麼解釋的時候，他卻笑笑地說：「我講好玩的啦，要去學校讀書才可以考試啦！」

然後他就蹲了下來，要我把手電筒照過去，就在芒草的深處，我看到了從未見過的、那麼大一叢肥嫩多汁的一葉草。

我跟他頭湊著頭一起摘，聞到他身上那種夾雜著汗臭、狗騷味、柴火的煙氣等等的濃烈的味道，也看到他比我黑也比我粗的手指熟練地一閃就是連根帶葉完整的一株，而我好像再怎麼小心地拔，最後也都殘缺不全。

當我們捧著滿滿一兜的一葉草回到他家的時候，老鼠正叼著菸坐在門邊磨柴刀，他笑笑地問我說：「要不要跟我們吃飯？今晚我們有老鼠肉炒豆豉哦！」

那是我最後一次看到他。

半年之後某一天的黃昏，有人走過老鼠的家，發現老鼠子正在剁一條連皮都沒剝的雨傘節，聽說被他剁成一節一節黑白分明的蛇肉還在砧板上不停地蠕動著。人家問他：「爸爸怎會讓你自己殺蛇？不怕你被咬？」孩子的回答是：「爸爸在睡覺！」

而當那些人走過幾步之後才知道事情大條了，因為那孩子接著說：「爸爸睡到蟲都爬到身上了還叫不起來！」

村子裡的人和警察把老鼠從屋子那邊抬出來的時候，我依稀記得包括父親在內的所有人都把毛巾蒙在臉上，而且還舉著大把大把的線香。

沒多久之後，老鼠子走了，聽說是被一個遠親接去照顧。

他走的那天大霧迷濛，我下課回家時正好遇到老鼠子，他背著包袱跟在一個大人的後面，胸前捧了一個籃子，裡頭裝著的是老鼠的牌位和香爐。他轉頭笑笑地看著我，而嘴裡卻小聲地唸道：「九八七十二，九九八十一！」然後就慢慢地走入霧裡，慢慢地消失蹤影。

那樣的情境一如電影的溶出效果，而再度溶入時卻已經是將近四十年後的事。

那年弟弟意外過世，大體移進殯儀館之後，我茫然地走到外頭抽菸，一個中年人忽然走到我身邊，我聞到他身上淡淡的檀香的味道，他低聲地跟我說：「吳先生……要節哀哦……我認識你，小時候，我們一起摘過一葉草……不過，你不一定記得。」

他遞給我一張名片，然後就默默地走了。

職稱是葬儀社負責人，名字下打了括弧寫著他的外號：琵琶鼠。

竟然是在四十年之後我才知道老鼠子真正的姓和名字。

又過了很久，跟朋友講起這件事的時候，朋友才跟我說「琵琶鼠」是一種魚，說養魚的人都知道，它不是魚缸裡的主角，卻萬萬不能少。

秘密

從小學四年級開始，幫普遍不識字的鄰居寫信、讀信已經是我日常的任務。一般的信，鄰居們通常是拿著信紙、信封直接到我家，交代內容由我代筆；如果事涉隱私，比如對兒子帶回來的女朋友有意見，不希望他們繼續交往，或者跟在外工作的兒子抱怨在家的媳婦不孝、不檢點等等，則是把我叫到他們家或者沒人看到、聽到的地方寫。

阿英從沒跟我講過話，更甭說寫信，所以有一天當她叫住我，說：「阿欽，拜託幫我寫一封信好不好？」的時候，我忽然有點尷尬甚至不知所措。

那時候我已經初中二年級，對男女性事正處於一種啟蒙的混沌階段，而阿英偏偏又是村子裡許多曖昧話題的主要人物，有關她的傳聞甚至早已在我的腦袋裡「畫面化」，所以被叫住的那一剎那，雖然四顧無人，但我不僅聽見自己心臟激烈跳動的聲音，耳邊甚至還響起村子裡所有半大不小的孩子們那種可以想像的詭異的嘩笑聲。

阿英從嫁到村子以來就很少跟人家有交往，原因不知道是她的出身、婚姻，還是某些獨特的行為或打扮。阿英曾經是一個「茶店仔查某」，不知道為什麼卻讓村子裡公認最憨厚、老實的阿將給迷上了，最後甚至不顧家裡所有人的反對，把她娶回家，外帶兩個「父不詳」的孩子。

由於家裡不接受阿英，阿將乾脆在村子尾自己蓋了一間房子，一家四口過自己的日子。

村子裡的女人都嫉妒阿英，因為阿將捨不得讓她出去工作，所以除了帶小孩之外，天天「穿水水、點胭脂、拉機歐（臺語：收音機）轉到大大聲，唱歌喇曲過日子」；而阿將為了養太太、養「別人的小孩」，只好天天加班「從死做回來」，不知道村裡的人是不捨還是覺得阿將活該，都說他「日拖夜磨，一年老十歲」。傳聞就從此開始了，說阿將天天拚老命，而阿英卻背著他跟許多賣菜、賣肉、賣雜細的人不清不楚、勾勾搭搭。

一年多前，阿將忽然大量吐血過世了，雖然醫院說死因是多年胃潰瘍所導致的急性胃出血，但許多人還是寧願相信阿將是為了阿英和孩子累死的，甚至還有流言說是阿英每天在飯菜裡摻老鼠藥害死的，說：「不信大家看，阿將沒過百日，阿英就會跟客兄落跑！」

沒想到阿英不但沒跑，甚至還開始出門做工養家，而且，也許是不想面對村子裡無所不在的異樣眼光吧，她選擇到一小時路程外的猴硐去當洗煤工。

那天是我第一次走進那個充滿曖昧傳聞的主場景，但我有點失望的是它跟一般礦工的住家並沒有什麼不一樣，而且收拾得非常清爽乾淨。兩個分別已經小學四年級和五年級的孩子正在寫作業，牆上阿將的遺照彷彿帶笑注視著他們。

「你們兩個先去挑水，把水缸挑滿，我有事要拜託阿欽哥哥……」小孩離開後，阿英跟我說：「有些事……我不想讓小孩知道，所以才拜託你。」

阿英要我寫信去宜蘭老家跟哥哥借錢。

「你要特別寫清楚，說我是跟他借，以後還是會還，不是因為丈夫死了，找理由討人情。」阿英說之前她曾經託人帶過話，可是哥哥回話說，她是找理由跟他討之前她「做事」時陸續寄回家的錢，她有點哽咽地說：「你跟他說，阿將是有保險可以領，但是，我一毛錢都沒分到，連葬禮的白包……也都是阿將的家人拿了了……」

幾天後宜蘭的回信來了。

當她把信遞給我的時候，我看到的是一雙被洗煤水泡得有點腫脹、龜裂的手，粗粗短短的手指頭上還有一些被石頭或煤炭割傷的疤痕，一如我媽媽的手。

信寫得很直接，她哥哥說沒錢可以借，因為暑假後三個小孩都要註冊，說他自己身體也不太好，得看醫生、吃藥，說他只靠一塊「瘦田」養一家，而阿英在礦山，賺錢的機會至少也比他多……

我看到阿英的臉慢慢垮了下來，當我念完之後，她忽然悶著聲音說：「他的小孩要念書……我的就不用？……礦山好賺錢？他是要我再去給眾人幹嗎？」

我愣在那裡不知所措，不知道該說什麼樣的話，也不知道是該離開或者繼續坐在那兒，尷尬了好一會兒，阿英才拉起衣襟抹了一下臉，抬起頭笑笑地跟我說：「歹勢……這種見笑的事，都讓你知道了……你可不要跟人家講哦！」

那年的中元節之前來了一個超大的颱風，村子裡三分之一以上的房子不是全倒就是半倒。這場災難對礦脈已經衰竭的家鄉來說不啻是一個致命的打擊，很多受災的人乾脆就死心地離開那個曾經繁華一時的地方，於是，颱風過完不久，整個村子就讓人感覺像是在一夜之間蕭條、衰敗下來。

阿英的房子也垮了，村子裡的男人一起去幫她修。父親回來之後，我聽見他跟媽媽說阿英很不會打算，說她大概把阿將的保險金都花光了，說修房子的材料都沒買夠，大家忙了一天，她也只買了一打汽水，連煮個點心什麼的都沒有。

我信守對阿英的承諾，沒跟父親說其實阿將的保險金，根本沒有阿英的份。

那年暑期輔導課的最後一天剛好是中元節前夕，由於只有一節課的考試，所以我比平常早了一班火車回家。正午的烈陽下整條山路沒有半個人影，但當我走近一座跨越山澗的小橋時，隱約地我好像聽到短促的人聲，不過分不出男女，也聽不清內容，而偏偏那個地點又是恐怖傳說最多的「歹所在」，所以剎那間我已被嚇出一身雞皮疙瘩。

那座用條狀的石板鋪成的橋不長，約莫才兩三公尺左右，當我一踏上橋，我就知道乾涸的橋下的確有人，因為我看到橋下的雜草叢裡露出一截竹扁擔，所以過橋的時候，我不自覺地、好奇地放慢腳步盯著石板縫隙往下看。

在正午直射的陽光下，我清楚地看到阿英的臉，而她的身體則被一個男人裸露的背部整個覆蓋住，而另一道縫隙裡，則出現豬肉擔子的局部。

我不知道阿英是否也同樣透過縫隙認出是我，然後像傳說中的鴕鳥會把頭埋進土裡，用「沒看見」來逃避已然無法逃避的危急那樣，我看到她很快地閉上眼睛，然後把頭往一邊側過去。

那一剎那的畫面始終留在我的記憶裡。

由於第二天是中元節，所以那天傍晚礦坑口特別熱鬧，因為在冰箱還不十分普遍的那個年代，村裡的人習慣把容易腐敗的魚、肉拿到溫度比較低的礦坑裡存放。

就在我掛好牲禮，並且在上頭做好記號正要離開的時候，我看到阿英也拎著一大塊豬肉走了過來。有人看了一下她手上的豬肉之後讚美說：「啊，妳挑的這一塊最好！那個死賣肉的說『胛心肉』沒貨，原來是被妳買走了。」

她毫無表情地從我身邊走過，而且就像根本不認識我一般，連看都沒看我一眼。而就在她走過之後，我卻忽然覺得輕鬆，雖然也有那麼一點點的失落感。

小小起義

村子的小學是分校，只有一到三年級各一個班，四年級之後就得走一小時的路到山下的本校上課。

也許太偏遠了，所以除了專帶一年級的老師因為一家人就住在村子裡，因此始終沒走之外，二年級和三年級的老師好像一直來來去去，最久的一年，短的一學期，甚至還有一個女老師報到那天哭著爬上山，第二天請病假，說是一雙腳全起水泡，接著就落跑，起水泡的腳怎麼走下山……沒有人知道！

唯一待過一年的那個，老實說，除了我們那裡，大概也沒人要。

他講話鄉音重，大家有聽沒有懂，遲到早退是小事，課上到一半還可以把賣豬肉的叫進教室，挑肥撿瘦、討價還價，好像自己吃什麼比教孩子什麼還重要。

所以，聽說那個真正師範畢業、長相又斯文的年輕人竟然肯上山報到，當我們三年級這班的老師時，村子裡的人都覺得我們出運了，因為山上總算來了一個像樣的老師。

第一堂課他就跟我們說雖然我們是鄉下的孩子，但他有把握把我們教得像城市的孩子一樣，有禮貌、有規矩，不會土裡土氣。

他覺得我們的國語都講得太爛了，所以雖然已經三年級，我們都得再學一次ㄅㄆㄇ，該捲舌的一定要捲舌，不管問問題還是報告什麼事，只要發音不標準的，他都會要我們重複講一次，講到合他的意。這還沒關係，最受不了的是他經常罵我們「豬」，而且是「一群豬」。

憨貴是我們班上最後一名，腦袋不靈光反應比較慢，有一天課上到一半，他忽然舉手說：「報告老師，我要上廁所。」

他講話本來就不清楚，更甭說要他搞清楚哪個字要捲舌。當老師要他再講一遍的時候，我們都忍不住笑出來，因為他乾脆從頭到尾每個字都捲著舌頭講；但是，當他重複到第六遍時，我們已經笑不出來了，因為我們都聽到他拉肚子的聲音，而且臭味撲鼻，但老師還是堅決要他重複說，一遍又一遍，直到我們都和憨貴哭成一團。

「豬就是豬！分不清ㄓㄔㄕ，到處亂拉屎！」老師最後指著憨貴說。

不過憨貴真的是憨到死，所有人都知道老師看他不順眼，只有他自己搞不清楚。

有一天老師講到蝙蝠，說蝙蝠可以發出音波，因此即便是夜晚，怎麼飛也不會撞到樹、撞到牆，憨貴忽然舉手笑咪咪地說：「報告老師，蝙蝠會撞到竹竿。」

我們聽到老師冷冷地說：「我上課的時候，豬，不要講話。」

沒想到憨貴還是認真地說：「蝙蝠真的會撞到竹竿。」

我們替他捏了一把冷汗，沒想到老師卻只沉默了一下，然後說：「如果蝙蝠會撞到竹竿，老師就跟你一樣……是一條笨豬！」

那天晚上寫完功課之後，也不知道為什麼，忽然很想做一件事，於是就扛著晾衣服的竹竿，走到路尾經常有蝙蝠飛掠的空地去；沒想到才一走近，發現好幾個同學早已經在那裡用力晃動著豎在地上的竹竿，竿尾快速地攪動空氣，發出有如疾風吹過一般咻咻咻咻的聲音。

已經忙得一臉汗水的他們看到我，紛紛用非常誇張的捲舌音說：「趕快多打幾ㄓㄨ蝙蝠！」「讓老ㄕㄨ ㄓㄨ道憨貴不是豬！」「讓老ㄕㄨ ㄓㄨ道蝙蝠會撞竹子！」「讓老ㄕㄨ真的變成一ㄓㄨ豬！」

老師不知道，用這種方法打蝙蝠是這個村子裡的孩子早就已經玩到不想玩的遊戲。

第二天早上老師走出宿舍時，應該有看到十幾隻死蝙蝠躺在他門口才對，但奇怪的是，他始終沒提這件事，不過，直到半年後他離職，我們確定的是再也沒聽他罵過誰是豬。

魔幻記憶

那條山路是村子對外唯一的孔道，一頭往九份，一頭往猴硐。往九份是購物、看病、看電影的路，因為一半上坡、一半下坡所以去回的腳程都差不多，大約四十分鐘；往猴硐則是上學以及搭火車去遠方的路，去程下坡，回程上坡，所以去與回的時間有差，下坡四十分鐘的路，爬坡回來大概要花上一個多小時。

這樣的路，從小學四年級開始，得從故鄉的分校轉到侯硐的母校上課之後，每天來回一趟，一直走到我初中畢業一共走了六年。

那條路沿路都沒有住家、沒有路燈，有兩座裡頭塞滿無主骨灰罈的有應公，以及幾處連白天都顯得陰暗甚至感覺寒氣逼人的大彎，所以永遠不缺鬼故事。至於經常出現的「生物」也大都嚇人，比如蛇、蟾蜍、白蟻群（我們通常叫它「大水蚊」，也許是它通常在大雨過後成群出現的緣故吧）。

蛇的種類和數量都不少，所以我們早就習以為常，一旦看到蛇，沒有人會有任何驚嚇的反應，通常是繼續既有的話題，一邊隨手撿起一塊石頭丟牠要牠讓路，如此而已。

不過，蛇萬一遇到的是阿賴，那就倒大楣了。

我始終不懂阿賴對活著的東西為什麼都永遠充滿殺氣，彷彿在他的視線裡，除了人之外，不容許有任何活物存在一般，所以遇蛇必打，即便是已經大半身逃進石洞裡的蛇，他也硬是要把牠拉出來直到打死打爛才甘心。

其實不只是蛇，連蟾蜍和蝸牛他都一視同仁，必殺之而後快。

記得某個大雨過後放學回家的路上，走在前面的女生忽然傳來驚叫，我們衝上去一看，當下所有人幾乎都呆住，並且剎那間泛起一身雞皮疙瘩，我們眼前出現的是令人驚嚇的場面：成千上萬大大小小的蟾蜍，正以大約十公尺左右的寬度，從山坡緩步而下，漫過路面，然後往坡下的大粗坑溪移動，乍看之下就像整個山坡正緩緩崩塌一般！

當所有人都還在驚魂未定的狀態中時，我們看到阿賴忽然跳進蟾蜍的洪流中，一臉殺氣地跳躍著，無數的蟾蜍隨著他每次的跳躍在他腳底下肚裂腸流，我們甚至還聽得見此起彼落的軀體爆裂聲音，然後女生開始哭了起來，接著男生們也開始喊道：「阿賴，不要啦！阿賴！」

彷彿在極度興奮狀態下的阿賴，似乎沒聽到我們求饒般的叫喊，一直持續大開殺戒；最後，他忽然像中邪一般剎那間靜止下來，一臉痛苦地面對我們，然後一手挖著嘴巴，另一手求援一般地朝我們伸著，腳步歪斜地向我們這邊走了過來，女生驚叫地跑開，他一把抓住我，痛苦不堪地指著自己的嘴巴。

我先看到的是他的臉上那些從蟾蜍身上噴濺過來的汁液和肉屑，聞到一股奇怪的腥臭，然後看到他張開的嘴巴裡好像塞著什麼東西。他一直痛苦地挖著嘴巴，眼淚冒了出來，喉嚨持續發出低沉的、怪異的聲音；最後他身體忽然激烈地往後一仰，哀叫一聲，然後我看到一隻小蟾蜍就從他的嘴裡噴了出來，往遠處飛落，不過看不出是死了還是活著。

我一直懷疑我的記憶到底是真實還是曾經經過修正，記得當阿賴蹲在地上急促地、用力地喘氣的時候，我依稀看到整群蟾蜍忽然呈現完全靜止的狀態，而且幾千萬隻眼睛好像都朝著阿賴和我這邊看過來。

十年後，我在金門當兵；有一天接到弟弟的信，說同樣在服役中的阿賴趁休假時在老家上吊自殺，沒有遺書，原因不明。

那一夜我在一個惡夢中驚醒，我再度夢見蟾蜍搬家，成千上萬緩緩移動，一如山崩。

告別

住了三十年的村落，今天要走了。

不知道是天意還是巧合，就和三十年前他來到這裡的那一天一樣，也是一個濃霧瀰漫的日子。

三十年前他在嘉義的中藥店當學徒，歷史的悲劇發生期間，一個常來中藥店聊天的長輩被槍斃而且曝屍在火車站前。那是他少數打心裡喜歡也敬重的大人，於是就傻傻地買了香遠遠地祭拜，中藥店老闆知道後怕惹禍上身，當天就把他辭退了，要他「愈遠愈好，趕快跑」。

多年之後他兒子曾經問他說：「當時你哪會那麼浪漫地想要跑到這離家幾百里的臺灣頭來挖金礦？」

他的回答是：「浪漫？……是傻！才會像鳥自己飛入籠，是傻，才會年紀輕輕身體就先埋一半！」

此刻，他站在崙頂，102號公路通往村落的岔路上。

天氣好的時候從這裡可以俯瞰整個村子；當年剛到的時候他一樣站在這裡，望著一片白濛濛的山谷，不過他記得當時曾經在心裡這樣想著：「金仔山……我來了，當我離開的那天必然是錢銀滿袋，準備回嘉義買園買田、娶妻生子的時候！」而就在那一剎那間，霧……忽然散去，一個有三百多戶人家、有電、有客運車行走、人聲鼎沸的村落就整個清晰地出現在山谷裡。

那是一九四七年的事。

而現在……即便霧散了，他能看到的也只是一片人去屋空的廢墟，人都走了，等他這一家一走，全村將只剩三戶。

來的時候十七歲的他還沒有入坑工作的資格，只能在搗礦廠當雜工。十九歲時認識了一對喪子的夫妻，自願當人家的義子，住進人家家裡。二十歲開始入坑工作，二十一歲時，這對夫妻跟他說：「你該娶太太了，我們在貢寮的山上幫你物色到一個女孩……不過我們希望用招贅的方式，生下的第一個男孩子要跟我們的姓，繼承我們的香火……」

他說他答應了，理由是：情義。因為沒有他這個義子在身邊，這對夫妻老了有誰照顧？

他記得幾年後當他帶著妻兒回嘉義，父親看著床上熟睡著、跟他不同姓的長孫時，忽然壓抑著情緒說：「我這世人也沒做什麼傷天害理的事……怎會生出一個背祖的兒子？」

他說他在父親面前發誓：「我不會讓他忘記自己血肉的來處。」後來又生了兒子，可以跟他姓了，他用出生地「民雄鄉松山村」裡頭的兩個字為孩子命名。

之後他就在黝暗、潮濕、處處危機的礦坑裡用汗水和體力換衣糧，養活了他的義父、義母、妻子和五個孩子。

三十年來不知道有多少次走過崙頂，但每經過一次，當初「錢銀滿袋，買園買田」的冀望就淡了一點，而今天站在同樣的地方，他想的又是什麼？

多年之後當他掛著氧氣管，躺在醫院的病床上回想那一天的情景時，他跟兒子說：「我想……我認了，這一生只得兩字：無緣……父母無緣，富貴無緣，土地無緣。」

那天，他和妻子一趟一趟地把為數不多的家具和雜物、細軟扛到崙頂的岔路上，等著朋友的孩子開車從九份過來，幫他們把它運到瑞芳那間看不到山、也不會再有濃霧在門口縈繞的的公寓裡去。

最後的一趟，當他們走到崙頂的時候，沒想到霧竟然慢慢地散去，讓他可以留下這個村落最後的一瞥，只是滿山的芒草都垂掛著晶瑩的水珠，有如淚滴。他無語地凝視著一片死寂的村落，最後才自言自語似地說：「幾十年人生……一轉頭，什麼都沒有。」

妻子說：「有啦……至少我們養大了五個孩子。」

他看了一眼妻子之後，說：「但是……這些孩子此後不就和我一樣？一個連故鄉也沒有的人？」

這是一九七五年冬天一個斜風細雨的午後。

三年後，那個俗稱「大粗坑」的「臺北縣瑞芳鎮大山里」就從臺灣的行政區域上永遠地被除籍。

PART

3

搏真情的朋友們

春天

阿圓是金門金沙市場一家雜貨店裡打雜的小妹，長得不是很好看，加上老闆以吝嗇出名，所以跟其他雜貨店比起來，他們的生意差很多。

那年頭在金門當兵根本沒有機會回臺灣，所以不管哪家店，只要有稍具姿色的美眉駐守，幾乎不管服務或者商品的品質有多爛、價格有多不合理，也可以讓一大群「精子已經滿到喉嚨，吐口痰連爬過的蟑螂都會懷孕」的阿兵哥蜂擁而至。於是供應全師將近一萬人伙食材料的市場攤商當然會運用這種「美人計」，每天清晨燈火通明的市場內，各個魚肉蔬菜的攤位只要有美女露臉的必然生意鼎盛，阿公阿嬤顧守的永遠乏人問津。

採買兵通常是一邊跟美女打打嘴砲、吃吃豆腐，一邊把各種伙食材料的品類和數量的單子交給她，然後轉向另一攤繼續哈拉，至於最後被攤商送上採買車的商品斤兩和品質好像也沒人在乎。

各類生鮮買完，接著買雜貨。雜貨單價高，所以採買兵喜歡的店除了美眉之外，更重要的是老闆要上道，回扣、香菸要捨得給，最好連早餐都幫採買準備好。

不過，也不是每個採買兵都這麼屌，人多的部隊伙食費高，採買是大爺，至於我們這種二十幾個人的小單位，不管生鮮攤位還是雜貨店永遠把我們隔著門縫瞧。

我跟小包當採買的第一天就碰到這種勢利鬼。

那天我們買完菜才進雜貨店，看到步兵營的採買要離開，香菸隨手一拿就是好幾包，小包只不過才拿起老闆桌上的菸打出一支要點上，老闆竟然就把香菸往抽屜一收，抬頭問小包說：「你是哪個單位的？」

家族企業第三代的小包大概從沒這樣被侮辱過，當下把菸往老闆的身上一甩，拉著我掉頭就走。

市場晃了一圈之後，我們選了一家幾乎沒什麼阿兵哥的雜貨店，而從此之後我們單位就成了阿圓和她老闆少數的顧客。

阿圓十七歲，應該國中畢業不久，因為她老穿著一件還留著學號的深藍色舊外套。她話不多，笑的時候老是掩著嘴，有一天我們才發現她缺了兩三顆門牙。「怎麼不去補？」我們問。她說：「我爸去臺灣做工，說賺到錢會給我補。」

阿圓的爸爸是石匠，金門工作少，應聘去臺灣蓋廟刻龍柱。

雜貨店老闆是她的親戚，但使喚的語氣一點也不親，有一次甚至還聽見他跟別人說：「我是在替人家養女兒！」

那年是我們第一次在外島過年，除夕到初二都加菜，所以除夕前採買的錢是平常的三、四倍，那天小包半開玩笑地跟老闆說：「跟你買這麼久，也沒看你給我們一包菸，一點 Bonus！」沒想到老闆竟然冷冷地笑著說：「我以為你們營部連的比較乾淨，我看，都一樣嘛！」然後打開抽屜拿出一包菸以及兩張百元的鈔票塞給小包，接著就往屋裡走。

我知道小包是憋了一卵泡火，可沒想到是臨走的時候他竟然隨手抓起一打醬油往推車上放，說：「這是給連上的 Bonus！」

阿圓什麼都看到，但什麼都沒說。當她幫著我們把東西推到採買車的路上，小包把那兩百元拿給她，她一直搖頭，小包說：「拿著，這不是我給妳的，這是妳那個親戚給妳的過年紅包。」

誰知道我們的東西都還沒裝上車，遠處突然傳來一陣急促的哨音，一回頭，我們看到老闆帶著兩個憲兵，正指著我們這頭快步地走了過來。

老闆揪住我們，把我們推向憲兵，然後走到車尾裝貨的推車，一把將醬油拎出來，跟憲兵說：「你看！這就是他們偷我的。」

停車場上所有人都盯著我們看，就在那種尷尬、不知所措的死寂中，我們忽然聽到阿圓的聲音說：「他們沒有偷啦，是我……放錯了。」

我和小包轉頭過去，只見她低著頭，指著醬油說：「我以為是他們買的……就搬上推車了。」

「那你們有沒有看到她搬上車？」憲兵問。

阿圓轉頭看看我們，我還猶豫著該怎麼反應，沒想到卻聽見小包直截了當地說：「沒有。」

憲兵回頭跟老闆說：「你誤會了吧？」

老闆先是愣了一下，然後忽然快步走向阿圓，隨手就是一個耳光，說：「妳是想要他幹妳，然後帶妳去臺灣啊？妳想乎死啦妳！」

阿圓站在那邊沒動，捏著衣襬低著頭，也沒哭，一直到我們車子開走了，遠遠地，她還是一樣的姿勢。

車子裡小包沉默著，好久之後才哽咽地說：「剛剛，我好想去抱她一下……」

我們駐地旁邊的公路是金東地區通往「勿忘在莒」勒石和金門名勝海印寺惟一的通道，平常是禁區，每年只有春節的初一、初二對民眾開放一次。

對阿兵哥來說，道路開放的最大意義是，在這兩天裡金東地區的美女們一定會從這邊經過，所以兩百公尺外那條持續上坡的公路，在那兩天之中顯然就像選美大會的伸展臺，因此初一的早點名草草結束後，我們已經聚集在視線最好的碉堡，把所有望遠鏡都架好，興奮地等在那裡。

那天天氣奇好，陽光燦爛，所以上山的男女紛紛脫掉外衣，可看度以及可想像度都當下增加不少。十點左右是人群的高潮，隨著各店家那些駐店美女陸續出現，碉堡裡不時掀起騷動，忽然間，卻有人回頭說：「欽仔、小包，你們的救命恩人出現了。」

我們分別搶過望遠鏡，然後我們都看到了阿圓。

她穿了新衣服，白色的套頭毛衣，一件粉紅色的「太空衣」拿在手上，下身則是一件深藍色的褲子，頭髮好像也整理過，還箍著一個白色的髮箍，整個人顯得明亮、青春。

我們看到她和身邊一個應該是她父親的黝黑中年男人開心地講著話，另一邊則是兩個比她小，應該是她弟弟的男孩。

小包忽然放下望遠鏡，大聲地喊她的名字，可是她好像沒聽見，碉堡裡忽然又掀起另一波忙亂，幾分鐘不到簡便的擴音器竟然就架設起來了。

當小包抓著擴音器朝公路那邊喊道：「阿圓，妳今天好漂亮！真的好漂亮呢，阿圓！」的時候，整條公路的人都慢慢停下腳步聽，然後紛紛轉頭四處顧盼，好像在找誰是阿圓。

阿圓先愣了一下，看看父親，然後朝我們這邊望著。小包有點激動起來，接著說：「營部連小包跟阿圓說謝謝！跟阿圓爸爸說新年快樂，你女兒好棒，而且好漂亮！」

她父親朝我們這邊招招手，然後好像在問阿圓發生什麼事。

我看到小包的眼眶有點紅，於是拿過擴音器接著說：「阿圓，妳是我見過最勇敢的美女……我們營部連所有人都愛妳！」

公路那邊的人都笑了，圍著阿圓，甚至還有人鼓掌起來。之後擴音器便被傳來傳去，「阿圓，謝謝！」「阿圓，我愛妳！」「阿圓是金門最漂亮的女孩！」……不同的聲音不斷地喊著，整個太武山有好長一段時間一直縈繞著阿圓的名字。

從望遠鏡裡我們看到阿圓流淚了，她遮著嘴，看著我們碉堡的方向。

其實她是笑著的，在燦爛的陽光下。

直到現在，每年的春天我都還會想起阿圓以及她當時的笑容。

未遂犯

那個兵看起來斯文、眼神有點憂傷，和其他新兵比起來年紀似乎比較大，也多了一點滄桑。

資料顯示他犯過罪，刑期沒超過四年，所以得回來把兵役服完，他犯的罪是「強姦未遂」。強姦未遂……為什麼？當我透過窗戶看著他的身影時，辦公室裡所有的人都已經此起彼落嘻嘻哈哈心術不正地問。

人事官是預官，社會系畢業的，決定把那傢伙分發到伙房，理由是：「你們才看到資料都已經好奇成這樣子了，如果分發到連上去，萬一所有的兵都輪流問他『為什麼』，你們說哪天會不會出事？」

人事官果然英明，因為即便把他擺在廚房和其他人的互動不多，但偶爾還是會有脫軌的時候，因為總有好奇的輪值採買會問他：「為什麼會『未遂』？」據說他通常是冷冷地回答說：「因為我看清楚之後才知道她是你媽媽，長得醜、屄又臭！」接著當然不是爭吵就是鬥毆。

或許每隔幾天的主食申請和庫存報表都是他來營部找我辦，所以慢慢地跟他混熟了。有一天他跟我借書看，那時候索忍尼辛剛得諾貝爾文學獎，桌上好幾本都是他的書，所以借給他《古拉格群島》。

其實，真的不是蓄意，不過巧合的是那本書講的正好是蘇聯集中營的故事，所以過了幾個禮拜他還書的時候忽然笑笑地跟我說：「監獄……好像多少都有點像，犯人啦、戴帽子的啦……」跟他之間比較緊密的友誼，以及慢慢知道他的故事，似乎就從我問他什麼是「戴帽子的？」開始的。

十五歲初中二年級的那年冬天，在菜市場賣豬肉的父母倒了人家的會之後失蹤了，沒多久被發現上吊自殺在外縣市的小旅館。那年他妹妹十二歲，國小六年級。之後幾年他和妹妹輾轉在叔叔、姑姑以及舅舅家吃住。他說妹妹敏感，很容易察覺（或者誤解）人家言詞或舉止上的冷漠或鄙視，所以很多次他都為了妹妹跟那些親戚翻臉。

高一那年寒假的某個晚上，他發現姑丈竟然偷看他妹妹洗澡，老羞成怒之下的姑丈竟然說：「給你們吃、給你們住、過完年還要幫你們付學費，看一下會蝕本嗎？」他說他抓起扁擔把姑丈打到送急診，之後乾脆休學當捆工，然後租了一個小房間和妹妹一起獨立過活。

他說有時候工作到很晚，看到桌子上妹妹留下來的飯菜和關心的字條，然後轉身看到床上妹妹安心地睡覺的樣子，他都會想哭，都會覺得她就是他一輩子的責任了，以後誰要對他妹妹不好的話，他一定會讓他死。

至於「未遂」這件事……他說想起來都像作夢。那天是他虛歲二十的生日，一堆人帶他去喝酒慶生，騎車回來的路上有點醉意的他差點撞到一個女學生。他說在車燈照射下，那女孩驚慌又無助的表情讓他「不知道為什麼，就是很想抱她一下，然後，我真的就去抱她，我一抱，她就開始哭，她一哭，我忽然覺得她好像我妹妹以前被親戚罵的時候……所以我也開始哭，然後，她就跑了，而我卻還坐在那兒哭，哭到連警察來了都還不知道要跑」。

「你也許不相信……就跟警察和其他人一樣，但，真的是這樣。」他說。

退伍之後我們陸續還有聯絡，五、六年後他寄來喜帖要我去喝喜酒。

那時候他是一家小修車廠的老闆，妹妹師專畢業在教書，新郎跟我說：「那個哭得眼睛腫腫的就是我妹妹，我結婚……新娘沒哭，反而是她在哭！」

當看到新娘的時候，我似乎明白了什麼。

那新娘不只像而已……老實說，簡直就是他妹妹的翻版。

茄子

有很長很長一段時間不敢吃茄子。多長？算一算大約三十五年。

三十五年前，三年兵役的最後一年，部隊從金門移防臺灣。

許多資深軍官和士官長忽然一窩蜂地辦婚事，大部分娶的是年紀幾乎可以當他們女兒的東部原住民姑娘。

老莫好像一點也不動心，一如往常獨來獨往。他是空中管制無線電臺的臺長，和幾個兵成天窩在裝滿無線電器材的拖車裡，除了三餐派個人出來打飯之外，跟通信營的其他人好像少有接觸，也常讓人忘了他們的存在。

我是營部行政士兼通信補給，挾職位之便倒常到他們那兒廝混。

比起其他資深軍官和士官長，老莫其實「知識」許多，看英文的保養修護手冊像翻報紙，沒事的時候老是看他泡茶讀《古文觀止》。不過，最吸引我的還是他床鋪底下那一大疊書，但始終堅持只能在電臺裡頭看，絕對不借出，因為大部分是三〇年代作家的作品，還有盜版的金庸、還珠樓主的武俠小說，當年都還是禁書。

這樣的一個人怎可能沒升官，一輩子士官長？他的說法有兩種，一是：不希罕！二是：我是笨蛋管不了人，更不想給笨蛋管！

老是說這種話的這種人，別說在封閉的軍隊裡，即便在社會上也注定孤絕，甚至永遠有一堆人等著看他倒楣出錯、出糗。

有一天我去電臺核對器材帳冊，隨口問他說：「士官長，你沒想過跟他們一樣娶個老婆以後當老伴啊？」他看了我一眼，很嚴肅地說：「他媽的，我才不想害人咧！憑啥花幾個臭錢就讓年紀輕輕的姑娘跟著老傢伙當怨婦、當寡婦？」

那是我跟他之間最後一次的交談。

幾天後電臺奉軍團的命令到南部支援演習，下午五點應該報到，沒想到老莫六點多打了電話回司令部，說車子為了閃避牛車撞到路樹，修了很久沒修好，顯然無法準時報到。聽說司令部的人罵他笨蛋、丟臉，說無法達成任務為什麼不早點通報？說他延誤軍機，事後該怎麼辦就怎麼辦等等。

晚上十點多隨車的打電話回營部，說老莫失蹤了！說他六點多打完電話只交代他們有事情要辦，要他們好好看著車、看著電臺千萬別再出錯之後就沒看到人了。

我跟營部的長官報告這件事，正在打撲克牌的他們說：「乘機去找女人打砲啦！」

當晚剛好我輪值安全士官，清晨三點多營部的電話忽然響起來，那種時間的電話永遠不會有好事，果然沒錯，電話那頭是南部某個憲兵隊的值星官，說有一個士官長階級的人在他們轄區被火車撞死了，不過他們找到遺書，所以可能是自殺，姓名是……

我直覺地回答說：「莫××？」

他愣了一下說：「沒錯……你怎麼知道？」

我叫醒營部長官，說士官長找到了。「他不是去打砲，他去撞火車！」

我和營部長官坐吉普車一路飛奔到現場時大約六點出頭。五月底天亮得早，鐵軌兩旁的稻田上方籠罩的霧氣還沒散，但當我們跟著憲兵沿著鐵軌走向陳屍的地方時，陽光已經把我們的影子拉得很長。所有人都低著頭沒說話，只聽到腳下的碎石子清脆作響，直到鼻息之間慢慢聞到些許血腥的氣味時，才聽見憲兵說：「就在前面。」

我抬頭看到的第一眼是約莫十公尺外一隻穿著黑色軍用膠鞋的腳，腳踝以上不見了，只剩一些碎爛的皮肉，它的另一側則是一隻手臂，手掌不見了，扭曲得像剛擰乾的衣服一般擱在鐵軌旁。

所有人沒再往前走，憲兵說撞他的是觀光號列車，因為前一站是小站沒停所以速度快，因此屍體被拉扯、散布的範圍比較廣；他說檢察官大概九點上班後會來現場勘驗，勘驗完畢之後，我們就可以請人家來幫他收屍。

營部長官看看我說：「你在這邊看著，不要讓野狗把士官長的肉叼走了！我去憲兵隊辦文書手續，順便找個願意收拾的人，弄完我們直接把他送回去。」

後來他們都走了，現場只剩下我和老莫支離破碎的屍體，以及慢慢白熱起來的太陽，和逐漸濃烈的屍臭。

那是一種無法形容的奇怪氣味，或許是因為隨著腐敗的程度，味道逐漸加強或有所改變，以致你無法像書裡說的「入鮑魚之肆久聞不知其臭」，而是愈來愈濃愈來愈臭，特別是當火車經過，空氣被強烈搧動直到緩緩平息的那幾分鐘，那味道彷彿不只進入你的鼻腔，而是從你身上的每一個毛孔鑽進你的身體中。

現場果真有野狗不時出現，虎視眈眈，甚至還有無聊的路人三三兩兩掩著鼻子站在鐵軌旁邊看；於是我不得不在那兩三百公尺的範圍裡來回走動驅趕，有幾次甚至不小心就踩到或踢到一些散落在鐵軌旁邊草叢裡的細小屍塊，最後自己不得不低著頭小心翼翼地注視自己的腳步，也因為這樣，我幾乎看遍了莫士官長碎裂的身體的每一個部分，包括認得出來的外表局部以及根本無法分辨的內臟部分。

我看到他被撕裂成一半的臉，看到他此刻已完全裸裎並且和身體完全分離的陰毛及陰莖，看到蒼蠅慢慢聚集在上頭，我一走過便一大片嚶嚶飛起，甚至飛到我的臉上、我的嘴邊。

我看到那些屍塊逐漸改變顏色，清晨還可以清晰分辨出來的血或肉，隨著我來來回回的腳步一次一次加深顏色，最後都成了一模一樣的暗黑或深紫，只有從皮肉裡穿透出來的骨骼還勉強維持可以分辨的白色。

十點了，可是檢察官還沒出現，我繼續來回走著，好像失神一般停不下來，好幾次都要聽到連續的尖銳鳴笛才發現火車都已經衝到眼前來。

十一點，檢察官來了，他和營部長官站在遠處，才抬頭看了一眼就聽見他說：

「好啦，可以收了！」

負責撿拾屍塊的是一個附近村民幫我們找來的六十多歲的沉默老人，他唯一的工具是一個用兩片麻竹中間夾著石頭做成的夾子；大的屍塊他直接用手撿，放進原本裝肥料的塑膠袋，小的才用夾子夾。

他一邊揮趕蒼蠅、一邊要我幫他仔細看，說盡量不要漏掉任何一小塊，說那是我們對亡者最基本的責任；他要我不要怕，說我們以後不管怎麼死，最後也都和他一樣，「再大塊也都變成粉。」他還說：「雖然我不認識他，但可以這樣相識也是緣分。」

屍塊收全之後，老人自在地用他連洗都沒洗的手掏出香菸抽，然後點起香要我請士官長跟我們回去，一邊幫襯似地用士官長絕對聽不懂的臺語說：「怎樣來就怎樣回去哦……如今做神了，心內不要有怨……乖乖跟著觀世音菩薩走……不要回頭，不要留戀。」

然後我們兩個一人提著一袋士官長走下鐵軌，檢察官走過來問說：「都收乾淨了？」然後下了一個指令說：「打開讓我看看。」

老人看了我一眼，順從地打開他手上的那一袋，我則打開我的。

當塑膠袋一拉開的那一剎那，我只記得裡頭的顏色和撲鼻而來的溫度和氣味，接著一如電影的反白效果，只聽到檢察官說：「好，收起來！」之後完全沒有記憶。

回到駐地已經黃昏了，吉普車先放下我，然後直接開去殯儀館；我恍惚地從營區大門走向營房，我看到很多人慢慢走向我，遠遠地問說：「怎麼樣？」我才一靠近都還沒開口，他們卻反而先倒退好幾步，說：「你怎麼這麼臭！」我進浴室把自己刷洗了好幾遍，衣服從裡到外全換掉，沒想到走進餐廳還是有人說：「你怎麼臭臭的？」

晚餐的菜打上來，有魚、紅燒豆腐以及一盤炒茄子。軍隊的大鍋菜，茄子炒得爛爛的，暗黑帶深紫，中間還有白色的蔥段……我只覺得：啊，該死，士官長的屍體怎麼沒收乾淨沒收完？但才一回神，我已經忍不住衝到餐廳外大吐特吐，一整天沒吃東西的肚子能吐出來的好像只有胃液和膽汁。

那天夜晚我開始發燒，營舍外的衛兵幾次敲我的窗子，說我一直亂喊亂講話，「還裝那種外省腔！」高燒不退連續了好幾天，最後和士官長同鄉的副營長受不了了，在士官長頭七的夜晚，他把全營集合起來，我在床上聽見他在唸士官長的遺書，斷斷續續地聽到：「任務不成……敗軍之士……我軍之恥……」然後聽到副營長開始邊哭邊飆髒話，說敗軍要死也輪不到他，「操他媽的你以為你是哪根蔥？」

後來有人進寢室，說副營長要他們扶我去集合場；儘管身體有點虛、腳步有點浮，但我還是自己走出去，不過，才一進到集合場，副營長暴怒的吼聲倒嚇得我差點腿軟，我看到他指著天空大罵，說：「是這孩子守著你一天，不讓你進了野狗的肚子，是這孩子盯著，一塊不少地把你找回來，你不知足、不感恩……你有不平你他媽的來找我……你再不讓這孩子平安，我明天就把你的骨灰倒進豬圈裡餵豬！你看我敢不敢！……」

半夜，一身酒味的副營長走到我床頭，跟我說：「我罵他了，你沒事了，他這輩子就怕我一個人。」然後把一個東西塞到我枕頭下，說：「這傢伙也沒留下什麼像樣的東西，我撿了一樣給你，讓他保佑你一輩子。」

那是一根極其普通的鐵梳子，黑色隨身型，不過，上頭竟然認認真真刻了字，刻了兵籍號碼、士官長的名字，以及購於金門陽宅和購買的年月日。

這梳子跟了我好幾年。一九八四年我寫了一個有關老兵娶少妻，一番曲折之後有了圓滿結局的劇本，或許潛意識裡希望士官長也能有這樣的人生吧，所以把男主角的名字乾脆取作「老莫」，不久之後，當我有一天忽然想起那把梳子的時候，就怎麼都找不到了。

梳子不見了，但某些記憶卻始終難忘，尤其是茄子和士官長的屍體與氣味的關連。我不否認那種聯想幾乎成了我一種病態的強迫性反應和行為。總之，只要看到眼前出現茄子這道菜，無論什麼煮法，最初的幾年是直接反胃，而後幾年則是自我說服，我會先跟自己說：「這是茄子，你看，它是很香、很下飯的魚香茄子，這跟當年士官長那一袋屍塊一點也沒關係……」然後開始反胃。

五十幾歲過後，我好像遺傳了媽媽當年的毛病，嗅覺慢慢喪失，或許是這樣吧，這兩三年來我已經可以安心地接受茄子，雖然只剩下口感和味覺。

或者是……經歷過太多親人的死亡現場之後，我已經無感了……或是……故意遺忘？

愛

阿春小我兩歲，所以是在我三年兵役的最後一年他才下到我們的單位來，不過報到之後，也不知道是他「造型驚人」，還是在中心的時候有過多次逾假不歸的紀錄，營下三個連竟然沒有一個連要他。

記得那天營部都已經開飯了，人事官還在大聲小聲地打電話協調各連「收容」，最後營長開口了，他說：「沒人要就留在營部吧！可以把沒人要的兵帶好，那才是真本事！」

之後，我們就看到一個戴著太陽眼鏡、瘦得像一根牙籤，卻偏偏穿著一身改得幾乎完全貼身的軍服的傢伙走進餐廳。而更令人震驚的是他的行李，除了隨身軍品之外，他還帶來兩個大皮箱、一把吉他以及一個質感看起來相當高級的小箱子，後來我們才知道裡頭裝著的竟然是量「手」訂做的保齡球一顆。

「啥名字？」營長問他。

「Haru。」他恭敬地答。

全場愕然之下，我連忙跟營長解釋，那是日文「春」的發音。「我操你媽，你當日本兵啊？」營長開口罵，他才緊張地說出他的全名，不過隨後又加了一句：「報告營長，我媽不見了！對不起！」

這話一出，整個餐廳已經完全嚴肅不起來了，連營長都笑著罵說：「你這小子不是傻子就是澈底給我裝傻。」後來我們當然知道他不是傻子，也沒裝傻，他說的是實話，包括他說媽媽不見了也是真的。

阿春的爸爸是船員，一年到頭不在家，媽媽呢，則是一天到晚不在家，不是打牌就是到處趴趴走，「善盡母職」的唯一方法就是給錢，要啥有啥。不過，當他入伍進了訓練中心，媽媽卻給他寫了一封信，大意是阿春已經是大人了，她的義務了了，當了一輩子活寡婦之後想過自己的日子了……

等阿春休假奔回基隆，才發現房子、家具，包括他留在家裡的摩托車都被媽媽賣掉了，剩下的就是他隨身帶來的那些家當。至於逾假的原因也和媽媽有關，因為他幾乎南北親戚都找遍了，還是沒人知道她到底去了哪裡，以及跟誰在一起？

既然沒有人要阿春，而營長偏偏又說過：「把沒人要的兵帶好才是真本事！」所以最後他就當了營長的勤務兵。

阿春這個人嘛……說好聽是勤快、機靈，說難聽是很大小眼、超會逢迎拍馬，反正沒多久長官們是喜歡他喜歡得不得了，小兵們則當面白眼、背後訐譙。直到他和那個女孩的戀愛事件發生之後，小兵們對他才有了另一種評價，當然，我也一樣。

女孩是一個831的小姐，據說長得非常像當時的電影明星林鳳嬌，所以很多人去排隊買她的票。不過，「負面評價」也很多，說她「只會笑」，但在床上「沒反應，就一副隨便你啦！」的樣子。也有人說：「她會莫名其妙地哭，卻還安慰我說：『你做，你做，跟你沒關係！』」

有一天，當營部的士官又七嘴八舌聊起831那女孩的種種傳說時，在一旁幫營長擦皮鞋的阿春忽然插嘴了。這一說，不得了，他就像性學大師一般足足開示了我們這群自以為是的半桶水一整個晚上。

概括地說，反正就因為從小媽媽幾乎成天不在家，所以三餐只好找鄰居的眾媽媽。也因為這樣，他學會了察言觀色，學會了講好話、施小惠，因為這樣不但有飯吃，有時候還有額外的零用錢可拿。某一天，當這群寂寞的媽媽發現阿春已經「轉大人」之後，阿春可以做、而且因為「吃好逗相報」之下而被要求的「小惠」就多了一樁，最後甚至成了重要的任務之一。

那天晚上阿春所講的正是他累積了將近十年的「實戰經驗」，而且，大多數的經驗都是那些「沙場老將」的媽媽們細心調教出來的。

話題既然是從那女孩開始，後來當然也在那女孩的身上結束，有人建議說：「既然你這麼厲害，那要不要去試試那個女孩？讓她像你所說的某個媽媽一樣，一邊顫抖一邊哭，一邊喃喃地叫你：『好孩子……好孩子……』」

沒想到阿春竟然還認真地說：「好啊，有空我去試試看！」

後來我們好像都忘了這件事，想不到有一天熄燈號過後，他走進我臥室，門一關，說：「我去找那個女孩了。」

因為他有外出許可，所以是下午兩點多去的。他說那時候沒有人排隊，女孩在擦地板，就像大家描述的，她很像電影明星、笑笑的。他說也許軍服改得太窄了，彎腰脫鞋子的時候，屁股那邊的縫線竟然噗一聲整個綻開，那女孩就問說：「你是要先做，還是我先幫你把褲子縫一縫？」

阿春說看她針線手藝很熟練，隨口問她說是不是學過裁縫？沒想到她笑笑地點點頭。阿春就問說：「那妳為什麼要來做這個？」她說：「會難過的事，不要問，也說不清。」

阿春說也許沒事找話題吧，就老實地跟她說：「妳是第一個替我縫衣服的女人。」然後不知不覺就講起媽媽從小不管他，以及現在媽媽根本不要他的事。「講到最後，我自己都流眼淚，沒想到那女的也跟著哭，還抱著我跟我說：『媽媽不在身邊的孩子一定很可憐。』」

「然後呢？」我問：「你做了沒？」

「沒有。因為她也跟我說她的事，說她原本在親戚家學裁縫，被師傅的丈夫騙了，跟他有小孩，親戚告到家裡，她被爸爸媽媽和哥哥打個半死，她生完孩子就出來賺，因為要養小孩，也想存錢以後開裁縫店，說自己反正已經是臭人了，乾脆賺這種錢比較快……都這樣講了，要是你，你做得下去嗎？」

我聽著，沒當真，其他人知道後也說根本是糊弄。沒想到後來接連發生了兩件事，我們才知道阿春對那女的是真的很認真。

第一件是他竟然在莒光日偷溜去831，被憲兵抓到，關禁閉不打緊，還被營長趕出營部，下放到連上的公差班去打雜。我問他為什麼莒光日還敢往外跑？他說莒光日女孩休息，這樣他們才可以講話講很久、講很多。幾個月後，發生的第二件事是瘦巴巴的他竟然和一個壯碩的班長打了一架，聽說要不是被拉開的話，他差點就拿刺刀捅人家。

我帶了泡麵去禁閉室看他，問他為什麼要打架？他說班長竟然當著所有人的面前跟他說：「我剛剛去幹了你的女朋友！」

原先我們一直以為他會被送軍法，沒想到有長官出面說：「算了吧，一個人可以為所愛的人連不會贏的架都敢打，可見是我們教育成功了，不是嗎？我們不是一直教這些兵要愛國，因為愛，所以才會為國犧牲都不怕？」

軍中三年，這是我聽過所有長官們講過的最動人、最有學問的一句話。

阿春從禁閉室出來不久之後有一天跑來跟我借錢，說要送那女孩回基隆找工作，說他姑媽願意幫忙照顧她和她的孩子。我借了。沒多久，他又一身汗衝進來，說那女孩在大門口，要跟我說謝謝。我去了，老實說有一大部分原因是好奇。

她如街頭所見的青春女子，笑意盎然，一臉自信，而且真的很像林鳳嬌。

她跟我說：「謝謝你……阿春跟你借的錢，我一定會要他記得還。」

那錢阿春不久之後就還了，還非要請我到營區外的小吃店吃碗大滷麵不可，說是那女孩交代的，「她說希望你不嫌棄，就把這碗麵當她的謝意，或者……如果不嫌棄，就當作我應該給你的利息。」阿春說。

這兩個人後來怎樣我不知道，但我寧願相信，他們應該會是好父母，因為他們的爸媽欠他們的那部分，他們一定會加倍還給自己的孩子。

他不重，他是我兄弟

這首歌當年常在司令部的坑道裡流瀉。

那時部隊駐防金門，兩年期間義務役的兵沒有任何回臺灣休假的權利和機會；所以舉凡想家的時候、女朋友沒有來信的時候，總有人會把那卷錄音帶塞進整個坑道唯一的一部錄音機裡，讓它一遍又一遍重複地吶喊著：「he ain't heavy, he's my brother!」

其實，可以和所有人心境共鳴的並不是歌詞的涵意，而是它那近乎控訴、宣洩種種鬱悶般的旋律和唱腔。

思念，的確是另一種形式的憂鬱或焦慮。

有一天，當我們一群行政士在支付處等著領錢的時候，阿哲忽然說：「……好想打自己一槍，然後被後送回臺灣，只要有機會可以跟我女朋友見見面，抱一抱，要怎樣我都甘願！」

阿哲是大專兵，工兵營的行政士。聽說分發來的時候營長嫌他太白淨、瘦弱，說他的手：「根本是摸奶的手，哪像工兵的手？」所以被留在營部管行政。

阿哲的女朋友畢業不久就先出國了，兩人的聯繫就靠久久才一封的航空郵簡。也許信是寄自國外，所以幾乎每一封都會被政戰單位拆閱，因此在自我約束、克制之下，那種雲淡風清的內容根本無法稀釋重度的思念，或者消解情慾的飢渴吧？

那年冬天，工兵營正趕工開挖一個坑道，二十四小時三班制馬不停蹄。一個休假日的下午，我們營長和師部監察官在外頭的飲食店小聚。這種吃吃喝喝的場合，營長常會要我順便去打牙祭，其實要我帶行政費去付帳才是真正的目的。

那天高粱酒都還沒喝到平時的量，憲兵忽然出現在門外，跟監察官報告說施工的坑道出事，包括預官和士兵十二個人被錯誤引爆的炸藥炸碎在裡頭。當我們趕到時，第一批屍塊正好運出坑道。現場分明人馬奔竄，但卻一遍死寂，耳邊只聽到木麻黃在冷風裡顫抖的聲音。

滿臉通紅的監察官衝到覆蓋著白布的水泥攪拌桶前，沒有任何預備動作地將白布一把掀開，剎那間所有人幾乎同時呆住，一如影像的停格。桶子裡裝的是滿滿的碎裂的人體；有可分辨的手掌、穿著鞋子的腿、混著腦漿和血塊的頭蓋，也有不可分辨的夾在破爛軍服中的腸子、內臟……

監察官忽然立正舉手敬禮，用盡所有力氣一般地大喊：「弟兄們，對不起，監察官沒有好好照顧你們，對不起！」

然後，我聽到一聲令人心碎的哀鳴打破現場的寂靜，本能地轉頭看去，是阿哲。

他和一整排拿著工具準備救援的工兵營士兵列隊站在稍遠處，他掩住嘴巴整個人跪倒在地，然後，我看到一身汗水、泥巴和血跡的年輕連長，沒有目標地在隊伍裡跑來跑去，一邊大罵：「誰哭？我操你媽，誰在哭？弟兄們平安了，你哭你媽個屄？你哭你媽個屄？」

最後……我聽到一百多個男人慢慢地、此起彼落地從忍不住的飲泣到大哭到沙啞地乾號，而連長依舊持續罵著、推打著那些士兵。

事後的某一天，阿哲忽然出現在坑道裡。

他服裝筆挺、兩眼發亮，臉上有我從未見過的興奮神情。

他在我耳邊低聲地說：「我可以回臺灣了，至少可以用國際電話跟我女朋友好好講講話了……營長說我長得比較像樣，也比較會講話，要我送那些人的骨灰回去。十二個人分頭送……半個月公假，如果船期配合不上，說不定我可以在臺灣混個個把月……」

那時不知道是誰又把那卷錄音帶塞進錄音機裡。

阿哲靜靜地聽著，好久之後忽然自言自語地說：「真的不重。十二條人命加起來，好像都沒有我要帶回去的高粱酒和貢糖重……」

人狗之間

想起來那時候的臺北其實還是鄉下。新生南路還沒加蓋，有流水、有楊柳搖曳。仁愛路慢車道的兩側還有四、五尺寬的明溝，每天清晨都有人用長長的網子悠閒地撈著裡頭長成一團一團的孑孓，聽說要賣給人家當熱帶魚的飼料。

那時候我在仁愛路一家私人診所當小弟，遛狗是我每天的第一件工作，十五歲、一百五十公分不到的我，遛的是一隻五歲左右正當年輕力壯的德國篤賓。認識阿哲就因為遛狗。

那時候的臺北，許多日式建築開始改建為五層樓的公寓，所以清晨的街道經常出現清運廢土的牛車。我始終搞不懂篤賓狗為什麼對牛懷抱那麼強烈的攻擊欲，只要看到就非撲過去拚個你死我活不可。

有一天我帶著牠穿越小巷正要跑出新生南路時，剎那間狗忽然停住腳步，我抬頭一看，完了！沿著新生南路正停一整排牛車，而在我還來不及擠出力氣扎穩腳步拉緊狗鍊之前，牠已經發出低沉的吼聲隨即衝了過去。我只記得整個人被牠拖著撞向廊柱，頭上手上一陣刺痛之後，眼前一黑便不省人事。

醒來時發現我坐在地上，一隻德國大狼犬正舔著我額頭的傷口，篤賓狗則趴在地上大聲地喘氣，舌頭早已吐到超過老闆交代的顯示運動量足夠的長度。

「不要怕，讓牠舔一舔比較容易消炎、消腫。」我抬頭看到的是一個高大、黝黑的身影，和我一樣穿著卡其褲以及學號已經拆掉的藍色夾克，他用奇怪的腔調跟我說：「你這隻狗很爛，都沒訓練！剛剛差點被人家打死，我來幫你訓練啦！」

訓練課程從第二天開始，而我和阿哲的交情當然也是。

阿哲是屏東人，和我一樣初中畢業就到臺北工作，是麵包店的助手，每天第一件工作是做麵包等出爐，遛狗是第二件。

他長得好看，臉部的輪廓很深，眼睛大而明亮，他說：「我有你們說的『番仔』血統啦！」之後見面就成了慣例，每天六點多我帶狗到仁愛路三段中間的草地和他相會，他先訓練那隻篤賓狗一些基本動作，然後同時拉著兩隻狗來來回回地狂奔，一直跑到篤賓狗的舌頭吐到「合格」的長度之後才交給我，然後一起回麵包店。

麵包店不大，成員只有老闆、老闆娘和他三個人。我們回去的時候，老闆通常上樓補眠，老闆娘一個人看店。長相有點哀怨的她，一看到我們進來，總習慣先拿一瓶牛奶給阿哲，溫柔地看著他喝完，通常也會塞兩個麵包給我當早餐。要是發現老闆在的話，阿哲通常會跟我使個眼色，說聲：「明天見。」完全沒讓我進去的意思。

那年十月好像要閱兵，有一天我們貪看正在街道練習踢正步的部隊，幾乎忘了遛狗，當我們發現時間差不多了，轉身要走時，發現……完了！我的篤賓狗不知道什麼時候已經騎在狼犬的身上，而且彷彿正在最後的高潮。

阿哲的臉色有點變，說：「完蛋！我老闆知道一定會瘋掉！牠是很貴的純種狗，準備讓牠生小狗賺錢的ㄟ！」講完之後卻又像安慰我一般說：「沒事啦，就是幹了也不一定會懷孕。」

阿哲沒說準。有一天半夜他來找我，一臉傷痕、提著行李，說要借住一晚。他說狗懷孕了，老闆打了他一頓叫他滾。阿哲說他沒提到我，要我放心。

睡前他跟我說：「臺北人真奇怪，狗比人重要！」

「怎麼說？」我問。

「老闆娘沒事就叫我跟她打砲，從來也沒嫌過我的種不純。」阿哲靜靜地說。

兄弟

他長得挺像大一號的許不了。

其實不僅長相，連講話的「氣口」（臺語：口氣）和方式都像，讓人無法想像這麼一個詼諧的人，到底幹了哪些不堪聞問的事，否則怎麼四十多歲之前有一半的歲月都在監獄度過？

一旦問起他的過往，他又故意閃躲，然後一本正經地跟你說：「……如果不是你問起的話，我也不想講啦，其實，那些年，我一直替臺灣外島的交通建設流血流汗呢！不相信哦？我跟你說，綠島環島公路有我一份，而且大概表現太好了，所以後來蘭嶼環島公路開工竟然又找我去兜腳手（臺語：幫忙）。」

原來他說的是他人生頭兩次的流氓管訓。

「沒想到幾年之後他們竟然沒有忘記我，有一天跑來請我去綠島考察，我說不用啦，年紀都這麼大了……他們說沒關係啦，我們會幫你找伴一起走啦！沒想到，還真的，一下子找來一兩千人跟我一起走，報紙還連續刊了幾個月，風神到連我自己都覺得不好意思。」

他說的是他第三次管訓，一清專案，上千人在「掃黑」的名義下被抓，大多數未經審判，所以當然不知道刑期有多長，分別關在綠島、泰源和鹽灣。

綠島關的很多是知名人士，「指揮官人很客氣啦，第一天訓話的時候竟然稱呼我們說：『各位老大！』然後才很謙卑地說：『不好意思，現在暫時換我當老大！』」然後一本正經地跟我說，其實這個指揮官還不錯，「他怕我們這群『老大』重出社會之後沒有一技之長，還特地開設了幾個職業訓練班，像汽車修護班，還有西服製作班之類的呢！」他說他沒參加汽車修護班，因為那些訓練用的車子，臺灣的街道上早就找不到了，「啊學會以後，我以後去哪裡賺吃？去非洲啊？」所以最後他選了西服製作班。

「因為裡頭有好大支的電熨斗，我發現只要把四支電熨斗翻過來，上面放個鍋子，要煮些點心、燉些補藥好方便。」他說：「後來我們乾脆找來一個人專門負責煮，這個人後來很有名哦！叫鄭太吉。」

關了一兩年之後，所有人開始毛躁起來，常常問指揮官說：「到底要關到什麼時候你們才滿意啊？」指揮官的答案永遠是：「我哪知道？你去問我上面的人啊！」

有一天他火了，就跟指揮官說：「你是妓女哦？不然你上面怎麼永遠都有人！」

結果呢？結果……他一臉哀怨地說：「大概覺得我很幽默吧，他賞我一間單獨的套房（獨居房）住了兩個禮拜。」

他對我所有好奇的問題幾乎有問必答，唯獨年輕時代到底幹了些什麼事永遠不說，即便是在之後斷斷續續的交往中有意無意地觸及，他也都機敏地閃避。

有一天他替他兒子打電話給我，約我去中部某大學的社團演講，因為他兒子是社團的會長。他語氣有點得意地說：「我常常懷疑這個兒子是不是我生的，我從來沒有讀書給他看，奇怪咧，啊！他從小就愛讀書。」然後非常正經而溫和地跟我說：「因為做人家的爸爸啦，可以讓他知道的事，我都當笑話講，不過有些事實在不好笑，所以不想讓他知道……所以也不想跟你說，這你了解啦哦？」

「了解啦！」我說：「我也是人家的爸爸啊！」

「這樣我就安心啦！」他說：「當了半輩子兄弟，老實跟你講，現在……我只想和我兒子當兄弟。」

跑片

阿光和阿華是同鄉，苗栗通霄人，是鄰居，一起長大，連小學也同班。

阿華小學畢業後就到臺北，在中華路、西藏路附近一家摩托車店學手藝，我們認識的時候，他已經是準師傅了，不想和學徒們擠在又窄又悶的閣樓睡，所以出來租了雅房，恰巧和我當鄰居。

阿光則是那時候才到臺北，是他父親要他來的，說希望阿華幫他找個像樣的工作。阿華說或許是阿光的父親看到他年節返鄉的時候都穿得趴哩趴哩，還一千兩千拿給爸媽花，於是覺得年輕人都要到臺北才有前途，說不然的話，阿光以後根本沒有半個女孩願意嫁給他。

問阿華，阿光畢業後都在老家幹什麼？阿華說好像是在陣頭當二手，出陣的時候扛大鼓，或者隨便拿支樂器混在西樂隊裡湊人數。也不知道是憨厚還是腦袋原本就比常人鈍，阿光的反應老是慢半拍，阿華一旦受不了，習慣動作就是巴他的腦袋，阿光每次都會說：「我會笨，都是被你打笨的啦！從小打到現在！」

不過，阿華對他還真夠意思，阿光半年多沒找到事，吃、住、零用都是阿華擔起來，彷彿理所當然要負責一般，半句閒話都沒有。但是唯獨一件事不論阿光怎麼求，阿華就是不理會，那就是公休日和一堆有車階級出去泡馬子的活動，他的理由其實挺真誠的：「我的車子沒你的位子，帶你去更沒面子。」

記得有一次阿光一直吵著要跟，想看女孩子，阿華說：「你去打手槍啦你！」然後竟然過來敲我的門，丟一本破破爛爛的黃色小說要我隔著甘蔗板唸給阿光聽，說讓他自己爽一下。

直到那天我才知道，雖然小學有念完，可是阿光看得懂的字卻不及幼稚園的程度，而且那次的「讀書經驗」也讓我挫折到死！記得我挺認真地、加油添醋地唸到自己都已經快擋不住了，隔壁阿光竟然全無反應，叫了幾聲之後，才聽見他睡意朦朧地說：「啊……刺激的地方快到了沒？」

後來阿華終於幫阿光找到工作。有個車友的鄰居是片商，透過他拉線，阿光當了跑片小弟。

所謂「跑片」，就是一部電影如果有兩三家戲院同時演，片商會把第一家之後的放映時間往後延，等第一家放完第一卷之後，馬上把影片往第二家送。跑片小弟就是騎著腳踏車運送影片的人。這工作阿光還算勝任，會騎腳踏車、西門町聯線的戲院記得住，可以避開人潮搶時間的巷道帶他走幾次，讓他熟悉也就OK了。

記得第一個月領到薪水那天，阿光竟然拿著薪水袋一直笑，說以前拿到錢套子都是紅色的，這一次不一樣，是土色的，上面還直接寫數字，連猜都不用猜，「而且真的照這個數字給，一塊錢都沒騙我。」

阿華的反應依舊是巴他腦袋，不過加了一句話，說：「趕快寄一點回家給你阿爸，讓他高興一下！懂不懂啦，阿傻！」然後硬要他請我們去美觀園吃快餐，另外叫了一大杯生啤酒三個人分。不過最後拿帳單去付的依然是阿華。

沒想到三個月後，出事了。

記得是一個週末晚上的八點多，忽然有幾個長得絕非善類的人殺進我們的雅房，說阿光連人帶車還有一整卷影片蹺頭失蹤了。片商落來的人說阿華是阿光的保證人，如果片子沒有找回來，所有損失要他負責，至於當天晚上如果觀眾因此退票的話，退一張，阿華就得賠一張。

惡煞當前，阿華當然不敢逞強，不過，他希望知道阿光為什麼會落跑。

他們說，傍晚的時候，片商老婆要進廁所，門沒鎖，一推開，竟然看到阿光拿著一張愛雲芬芝主演的電影海報在打手槍，老闆娘的尖叫聲聽說連隔壁都以為發生凶殺案。老闆問清事情的始末之後，狠狠地巴了阿光的頭，說：「等電影散場後，

送你去警察局，讓警察送你進監獄！」

然後，阿光從第一家戲院拿走第三卷影片之後就消失不見了。

我陪阿華和那些人去辦公室見片商。片商一直在打電話，好像在問戲院退票的數字。電話講完之後，老闆回頭看看我們，跟阿華說：「算你運氣好，省掉一大條，戲院說竟然沒有觀眾退票，okasii呢（日語：奇怪）！不過你最好去把那卷影片給我找回來，找不回來的話，這個檔期的損失我全部找你要。」

那天晚上我和阿華幾乎找遍整個西門町的小巷，還像找小狗一樣，阿光阿光不停地叫。阿華說他一定躲在哪裡不敢出來，因為阿光什麼都不怕，就怕人家叫警察。他說以前他們那邊有一個警察很爛，看到人家種的、養的只要喜歡就拿。有一年春節前趁阿華家裡的人都在外頭忙，竟然把家裡養著等過年的雞挑大的抓，而且還一次抓了兩隻，家人知道後好像什麼也不敢講。

阿華說他很氣，於是大年初二的晚上，就約了阿光跑到警察家，把一堆鞭炮綁在一起，等有人進浴室的時候，把鞭炮點著了，從木板窗子的縫縫裡扔進去，結果裡頭傳來的是警察的老婆發瘋一般的慘叫聲。

阿華說那警察很奇怪，沒先去看老婆，反而直接跑出來追人，阿光跑得慢，被逮個正著。那天晚上在警察的家裡到底發生什麼事，阿華說阿光隔了好久好久之後才敢說。他說警察很變態，竟然叫阿光當著他太太還有兩個小孩的面把褲子脫到膝蓋，再把鞭炮用橡皮筋束在阿光的雞雞上，然後一邊喝著酒，一邊拿著香菸不時伸向鞭炮的引信，說：「你想炸我老婆的屄，我就炸你這小屄央的雞雞！」

就這樣折騰到他過癮了，阿光整件褲子都尿濕了才把他推出門外。

「我真怕阿光以為只要他讓女人尖叫，就要被警察抓去點鞭炮。」阿華講完這段故事時，我們正好經過阿光跑片的戲院，他看了一下看板說：「外國片！幹！我就知道，一定是那種沒人看得懂的，所以才沒有人退票。」他說：「讀書人都嘛這樣，外國片看不懂都不敢說，就連少放一卷也要自己騙自己，裝懂！」

直到現在我都還記得那部電影的名字——《CATCH 22》，中文片名翻作《二十二支隊》，多年之後才知道，就連那中文片名根本也是瞎糊弄。

兩天過了，阿光還是沒回來，阿華竟然騎著摩托車，殺回去通霄找。隔天帶著那卷影片回臺北，一臉倦容。他說阿光不敢再來了，說那小子當天竟然就連夜踩著腳踏車從臺北踩回通霄，但是連家也不敢回，幾天來就在海邊的碉堡裡頭睡。

阿華描述見到阿光時的場面其實更像電影。他說阿光領著一群孩子在海邊，把影片拉得長長的，一邊跑一邊對著陽光和那群孩子一起看，阿華說：「在藍天碧海為背景的沙灘上，我聽到孩子們一直興奮地叫著，你看到什麼？我看到飛機……我看到裡面有飛機……」

講完之後，阿華就一直沉默著。

片商拿回影片後也沒要阿華再賠什麼，因為即便少了一卷影片的那幾天，電影繼續演，觀眾繼續看，既然沒有人抱怨，當然就沒有人會退票。

告別式

阿義和他似乎在開學第一天就已經交上朋友了。

第一堂課的自我介紹，他才一開口全班就已經笑成一團，因為他的國語帶著很重的南部臺語腔，聽起來很像餐廳秀裡頭的豬哥亮。

沒想到他好像也沒生氣，看了大家一眼之後說：「我是很認真地想跟大家認識，但如果我的國語讓大家覺得是這麼好笑的話，我道歉，在這麼嚴肅的場合，請容許我改用臺語講。」

然後他就用流利而且有點古味的臺語介紹他自己，不過語氣裡有掩蓋不住的憤怒和挑釁。他說其實他不想來北部考高中，因為家裡是種田的，土味重，都市沒泥巴，怕水土不服。不過國中校長想拚業績，說如果他考上北部第一志願高中的話，三年學費要幫他出，所以他才勉強來考考看。

他說原本以為這個學校既然這麼難考上的話，進得來的學生必定都很優秀，沒想到連自己竟然都考得上，所以覺得「咱大家都差不多而已，不必龜笑鱉無尾，以後就共同學習，共同漏氣求進步」。

講完之後全班安靜，不過，肯定不是震驚，而是大部分的人根本聽不懂，少數聽懂的也不能體會那些顯然超齡的語意，直到阿義笑出來並且率先鼓掌之後，全班才有點禮貌性地跟隨。

他寄住在板橋親戚家，親戚做的是承包辦公大樓清潔的生意，假日或寒暑假他也都跟著幫忙，奇怪的是，每次出去工作他總是穿學校制服。混熟了之後，有一天阿義問他為什麼不跟其他人一樣穿工作服？沒想到他的回答竟然是：「那人家不就把我當成跟他們是同款的人？」

阿義的媽媽很疼他，因為是同鄉。阿義的媽媽常邀他到家裡「吃好料、補一下」，兩個人在廚房講鄉下的過去和現在，講學校的老師誰還在不在等等。媽媽常說阿義國中之後跟她講的話還沒他多。

兩人後來更熱絡，因為一起編校刊。不過，後來校刊出了大麻煩，因為他訪問了幾個當年稱為「黨外」的校友，學校有意見，報紙上還鬧了好幾天。

阿義常想或許就因為這個因緣吧，他從此和「政治」沾上邊。大學時期他花在已經選上公職的那幾個黨外校友的辦公室裡的時間好像比在教室多。

阿義和他大學同校不同系，阿義念企管，他念的是歷史。

考上大學的時候，阿義的母親包了一個十萬塊的紅包給他，笑著說是「同鄉會」給他的獎助學金。阿義記得他紅著眼眶跟媽媽說：「我一世人會記得你和阿義這份情！」

阿義的爸爸對他始終沒那麼熱情，有一次還有意無意地跟阿義說：「這種朋友要小心，嘴唇薄的人，比較無情。」記得媽媽還罵他迷信。

畢業後，阿義跟著爸爸從商蓋房子賣，而他果真走上政治之路。

第一次參選的時候，阿義贊助了他一大筆錢，總部成立那天他早早到，當看到競選文宣上他把「校刊事件」也當作過去抗爭的資歷時，阿義才驀然想起青春年少時曾經發生過的那件事。

板橋那些親戚看到阿義全都熱絡地迎過來，端茶、遞菸、遞檳榔；當阿義看著那一張一張黝黑、熱情的臉的剎那間，不知道為什麼也想起當年他說：「那人家不就把我當成跟他們是同款的人？」的時候，那種有點不屑的表情。

後來阿義常跟朋友說，那一天他第一次了解什麼叫做「選擇性記憶」——他記得的，阿義早已遺忘；而他或許已經遺忘的部分，阿義卻如此深刻地記得。

那次他當選了，報上說他是少數形象清新的當選人。

八〇年代初期那個全新的政黨就像一個孕育已久而終於呱呱墜地的寧馨兒一

般，備受寵愛、備受期待和包容。

阿義還記得在另一次的選舉活動中，當這個政黨的某個候選人在臺上以激情的語言述說民主運動過程的挫折和所遭受的迫害時，底下聽眾的回應的是同樣激情的呼喊和掌聲，當有人發現阿義並沒有類似的熱情時，竟然毫不避諱地高聲喊道：「沒鼓掌的他家死人。」

沒想到那聲激動的咒罵最後竟然成真。

八〇年代初期剛好也是房地產的谷底，阿義父親的公司之前在郊區所蓋的一大批社區型的房子完全滯銷不打緊，連當初大量買進的山坡地也因為法令改變有很大的一部分被禁止開發，而剩下的部分如果要符合新的法令規範開發的話，則要增加可觀的時間和成本，資金方面銀行又遇雨收傘，於是公司當下進退兩難，阿義的父親在心力交瘁之下，有一天竟然就在趕赴銀行談判的路程中猝死在計程車上。

當天夜裡，已經一兩年沒有聯絡的他，竟然出現在阿義家倉促設立起來的靈堂前。阿義只記得他一進門就跪了下來，然後趴在地上一路號啕地爬進來，嘴裡有一句沒一句地呼喊著什麼「大恩來不及回報……怎能就這樣走了！」之類的話，誇張的動作和聲音把在靈堂前幫忙的鄰居都給嚇傻了。

當阿義的母親扶起他之後，他緊緊地抱著她，喃喃地說：「阿母，對不起，我來晚了，對不起！阿母！」

忙碌了一整天的阿義直到那一剎那才發現，怎麼這整個過程都有鎂光燈斷續閃爍著，而當鎂光燈不再亮起的時候，他隨即放開阿義的母親，走到阿義的面前說：「事情怎麼會這樣？」

阿義雖然看到他滿臉通紅，聞到他一身酒味，但還是把這幾年來家裡的狀況、生意上的壓力等說了一個梗概，他身邊一個類似助理的年輕人倒是挺認真地記錄著。最後他跟阿義說告別式那天他會來，「我們主席，還有重要的黨工和立委我也會請他們來，你的場面，我不能讓你漏氣！」他說。

第二天一大早，阿義家裡來了一大群幫忙打雜的鄰居，阿義聽見他們都在讚美「那個年輕的議員真有心」，說昨天半夜有人按電鈴，開門一看竟然就是那個經常出現在電視上的議員來問路，跟他們說阿義的父親過去對他有恩，知道他老人家過世了，不管多晚也要趕來探視、上香。而且，聽起來他好像不只按了一家的門鈴，而是連續問了五、六戶之後才找到阿義的家。

阿義的母親狐疑地看著阿義，喃喃地說：「他才幾歲記性就這麼壞？沒幾年前來厝裡就像在走灶腳咧，怎麼現在就要問路？」

阿義原本想說：「他在扮戲啦！」但最後還是沒說出口。阿義更不想跟母親說當天的報紙上有她的照片，就在他父親猝死的報導旁邊，她被一臉哀戚的議員抱著，標題是：緬懷昔日恩情，×××午夜淚灑靈堂！

告別式那天他來了，阿義當然記得，因為在公祭的過程中，阿義瞥見靈堂外頭的他站在一堆政治人物的中間，面對一排攝影機激動地說：「……因為他的栽培，才有今天的我……我唯一的報答，就是把悲傷化為為民主持續奮鬥的力量！」

很多人都知道阿義和他之間曾經有過的友誼，不過，每當人家問起阿義對這個政治明星的看法時，阿義總習慣這麼說：「不錯，他……演技不錯！」

PART

4

一封情書的重量

邂逅

小學畢業那年，父親問他長大以後想做什麼？

或許從小他就喜歡畫畫，而且那也是他少數被老師稱讚過的功課，於是就說：畫畫。

於是畢業典禮後的第三天，他就跟其他同學一樣，被帶到臺北當學徒，他去的地方是一家小小的廣告社。

四年後，當廣告社從松山搬到西門町附近的貴陽街時，他已經快出師了，那時候連電影院的經理都常常說他畫的看板比他老闆畫得還要好。

貴陽街的店面是租來的，四層樓的老房子，樓板很高，所以老闆用角鐵弄了一個夾層，掛上一個可以爬上爬下的樓梯，就成了他和其他三個小學徒睡覺的地方。

房東是一個五、六十歲的太太，住頂樓，二、三樓同樣租出去，分別是打字行和一家貿易公司。老闆說房東年輕的時候當過酒家女，後來跟上一個有錢的老闆，而這棟樓就是那個老闆買給她的，酒家女沒做之後她就靠這棟樓的租金過活。

房東通常只有月初收租的時候才會出現，不過，他不喜歡她來，因為她很吵，收到錢也不馬上走，老是一邊看他畫看板一邊問他一些有的沒的，比如：「這個明星漂亮還是『阿姊』漂亮？」「她的奶跟我比誰的比較大？」之類的。

有一回他正在畫一個穿比基尼的外國明星時，她看著看著竟然還出手用力抓著他的褲檔說：「阿姊檢查一下，看你有沒有硬起來？」

那一天並不是收租的日子，她卻意外地跑進店裡來，拉著老闆耳語了一陣，也不管老闆面有難色，就轉身跟他說：「我幫你找了好多跟你同樣幼的查某囝仔給你挑哦，喜歡哪一個跟阿姊講，阿姊替你作媒人！」

沒多久，一個跟房東差不多年紀的女人和一個叼著菸的中年人，就領了七、八個女孩走進店裡來。女孩們低著頭面無表情地在那中年人的指示下爬進他們睡覺的夾層，之後房東還要那個中年人把樓梯移開，藏到後頭的衛生間去。

後來房東和那女人就走了，只留下那個中年人坐在店門口，抖著腿、抽著菸，偶爾也會無聊似地走了進來，看他們畫畫。他記得那整個下午店裡出奇地安靜，只有工作桌旁邊的收音機流行歌唱個不停。

直到傍晚那女人回來把女孩們帶走之後，老闆才跟他們說那些女孩是華西街那邊的，因為有消息說警察下午要臨檢，而她們都未成年，沒牌照，所以老鴇才帶她們來這裡躲。老闆還說：「幸好你們不是女孩子，不然說不定就跟她們一樣，小小年紀就被爸媽抓出來賣！看到沒？其中有一個學生制服還穿在身上呢！」

他當然記得那一個，離開的時候走在最後頭，用手帕掩著嘴，眼睛紅紅的，好像剛哭過。當他爬上夾層的時候，發現那些女孩把原本亂七八糟的鋪位都收拾得好整齊，胡塞亂扔的衣服也都摺得方方正正地擺在角落裡，而且整個夾層有著他從沒聞過的一種好聞的氣味，那氣味讓他那一整晚莫名其妙地難以入睡。

後來似乎成了慣例，每隔一段時間那群女孩就會被帶過來一次，而他總會偷偷地尋找那個穿學生制服的女孩的臉孔。其實那女孩很好認，她的睫毛出奇地長，皮膚很白，所以脖子上掛著的一圈紅絲線特別顯眼。

他看著她的衣服在變，髮型在變，從制服變成低胸的上衣和迷你裙，從直髮變成燙髮，有一天甚至發現她連身材都好像有點不一樣，老闆似乎也注意到了，因為那天晚上吃飯的時候他說：「那個穿制服的女孩……好像被帶去打過針！」

也就那一天，當他爬上夾層的時候，發現有人用他矮桌上的筆和信紙寫了一大堆字，或許是無聊吧，重複寫著的是一首歌的歌詞：「……請妳不要哭，請妳不要哭，我也和妳一樣孤獨；寂寞伴我到日暮，快樂隔斷在迢遙路……」

那年夏天的一個燠熱的午後，她們又被帶來了。經過他身邊的時候，那女孩忽然停下腳步說：「你可不可以把收音機的聲音開大一點？這樣我們在上面也可以聽得見。」想起來那也不過是二十秒不到的面對面吧，而且還逆光，但多年之後他都還記得她長長的睫毛、鼻頭上的汗珠和耳朵邊緣那輪細細的汗毛。

「好不好？」她問。

「好啊。」他說：「上次……妳有在上面寫字哦？」

她只笑了一下，就轉身爬上夾層。他有點失神地看著她慢慢踩上樓梯，身影慢慢消失在通往夾層的方洞裡，一直到外頭閃電雷聲大起，他才頓時回過神來。

那天他不但把收音機的聲音刻意調大，當西北雨開始下起來的時候，他還去把音量的轉鈕又多轉了半圈，然後他聽見頭頂木板的縫隙中傳來那女孩的聲音說：「謝謝你。」

後來雨勢稍歇，當收音機播出一首哀傷的歌曲時，他聽見夾層上的女孩們輕聲地跟著哼唱起來：「……破曉的時刻，像霧般的美彩，可愛的鳥語，喚醒睡中大地……」

忽然他的眼淚開始流個不停，他知道那不是因為歌詞內容的關係，而是音樂、情境以及連自己都說不清楚的某種心情。

後來那女孩就沒來了，他不敢問那個帶隊的中年人，更不敢問房東她到底去了哪裡，只是從此以後在每一個電影的看板上，除了必要的角色之外，他都會多畫一個與劇情無關的女孩，那女孩有著一張他無法忘記的臉孔。

兩年多之後他入伍當兵，有一天打靶的時候輪到他擔任報靶的任務。當過兵的應該都知道，報靶其實是另一種形式的摸魚，一堆人躲在靶溝等一陣槍聲過後降下靶紙數彈孔報數，此外屁事也沒有，而最大的樂趣無非就是等待騎著腳踏車載著飲料、點心、零食過來兜售的「小蜜蜂」蒞臨，只要她們一到，大伙兒便開始買東買西、吃吃喝喝順便打打嘴砲。

而她才剛從靶溝頭冒出來的時候，他就已經認出那張臉了，但她對他似乎毫無反應。除了皮膚黑了一點、稍稍有肉一點之外，她好像沒什麼改變，依然是他記憶裡的那張臉。

「你怎麼一直看我？這樣我會不好意思呢！」當其他人都慢慢散開之後，她低著頭說：「你不要這樣看，我不喜歡人家這樣看我……」

不知道為什麼他忽然忍不住想流淚，而且，不知道該跟她說什麼。

「妳在我房間的桌子上寫過歌詞……」他聽見自己這麼說：「如果沒記錯……我還聽過妳跟人家一起唱過一首歌，叫作〈碧城故事〉，那時候我在貴陽街畫看板。」

她終於抬起頭看著他，隔了好一會兒才說：「我記得你，但是……不記得你的臉，因為好像從來都沒有清楚看過你……不過我一直記得有一次，那天打雷下大雨，你幫我們把收音機開得好大聲，心裡好感激……」

然後他看到她笑了，但淚水盈盈。

她說：「其實……我們在上面常常透過木板的縫縫看你畫畫，覺得你好厲害，這裡畫一下，那裡畫一下，最後就是一個人、一個風景……我們常常看到忘了擠、忘了熱、忘了難過……不過都看不見你的臉，因為看到的都只是你的頭頂……」

「妳現在好嗎？」

「比那時候好……現在只跟一個人睡覺就好。」她擦了一下眼睛，笑笑地說：「我跟人家結婚了……我丈夫是你們部隊裡的士官長。」

最後她說：「以後碰到我要先跟我打招呼哦……不要只是一直看我，我會害怕也會覺得……很丟臉。」

三十多年後的現在，他仍期待著可以和她再次邂逅。

他說：「至少……讓我知道她的名字到底叫什麼，還有，知道她後來的人生一定很美滿。」

長夢

那張臉孔和笑容依然如此熟悉，歲月好像沒有在他臉上留下多少痕跡。他的生日就算不寫上，直到現在她也還記得清清楚楚，何況是那麼特別的日子：四月一日，要遺忘也難。

「……甜美而纏綿的言語和神情或許更容易打動妳的心，但，請原諒一個在這樣的日子裡出生的呆子，他只會用最簡單而且愚昧的書寫方式來呈現心裡已然無法壓抑的悸動和持續的、無聲的吶喊，但卻又無能想出更婉轉、更合適的語詞，因此只好寫下這單調而貧乏的三個字——我愛妳。」

這是他寫給她的一百多封情書的第一封。

幾十年後的現在當然看得出當時他是那麼聰明地裝笨，但接到信的那個當下，光最後那三個字已讓她毫無防備地淚流不止，一如此刻。

此刻擺在她面前的是他的訃聞，以及那一百多封收藏多年，有些甚至已經可以倒背如流的情書。

他大她兩歲，今年不過才五十初度，然而卻就這樣永遠離開了，永遠不會知道她有多少次曾經想像著，某一天可以和他在異國黃昏的街頭重逢時的浪漫……夕陽下驚喜的對視、長久而無聲的擁抱，之後是微醺下徹夜平靜而且毫無掩飾的長談，有歡笑也有淚水，直到黎明。

她要跟他說長久以來的思念和遺憾，而最後，他或許也會跟她說：「妳也許不相信，但這輩子……除了妳，我不曾愛過別人！」

她常用這樣的想像下酒，讓自己在寂寞且自覺已然蒼老、愛情不再的夜裡，還有一點生命的餘溫可以擋寒入夢。

為什麼是異國重逢？有時候連她都會對自己所「設計」出來的想像覺得蒼涼……因為幾十年來他由知名作家轉變成一個經常出現在媒體上的政府官員，在已然是「全民皆狗仔」的臺灣，除了國外好像沒有可以滿足她的想像的所在，而世界各地來去奔波卻正是她生活的一部分。

只是這樣的生涯轉變，卻都不是愛情萌芽的階段兩個人想像得到的事。

第一次彼此認識的時候他大三，是大學文學社的社長，而她是商學院的新鮮人。註冊那天她從他的手上接過一份好像是特別為商學院新生所設計的社員招募傳單，因為上頭的文案寫著：或許你不知道，邱永漢不僅是一個成功的企業家，他也是得過直木獎的作家！

她問：「什麼是直木獎？」他說：「來參加文學社妳就會知道！」兩人熟識之後講起那天的情形，她曾經跟他招認，其實會加入文學社根本不是為了知道直木獎是什麼，而是：「你的笑容像孩子，而且你有一雙好看的手，那雙手給人的感覺就像一個作家。」

後來才知道自己的直覺挺準的，因為那時候他已經是一個頗有知名度的大學生作家。在偶像明星還不像現在這麼氾濫的年代裡，文學社有許多女生其實是衝著他的名氣而加入的，她甚至還可以明顯地感覺到她們暗地裡彼此勾心鬥角「爭寵」的氛圍。

而這也是她意外地接到他示愛的情書時那麼驚喜、激動而淚流不止的主要原因——怎麼是我？竟然是我！

一星期至少一封的情書在第三十幾封之後頻率略減，因為他說：「我喜歡直接把愛寫在妳的唇上、耳邊、髮梢以及妳細緻而敏感的身體上……」

畢業後他在澎湖服役，那是情書頻率最高的時光，每一封幾乎都流露著熾熱的愛意和深濃的思念，而這樣的思念都得經過漫長的等待之後，在他返臺的假期裡才得到補償。

而從她畢業那年的夏天開始，只要他一聲召喚，她二話不說，飛機票一買就去，即便只是部隊晚餐後到晚點名前那幾個小時激情的相處，她也覺得滿足。至今她都還記得他連澡都沒洗便猴急地撲過來時，身上濃烈的體味以及在唇齒之間流竄的汗水的鹹澀。

而就在他退伍前夕，她接到英國一間她嚮往已久的大學入學許可。當她迫不及待地飛到澎湖告訴他這個讓她雀躍不已的訊息時，他卻只沉默地看著她，好久好久之後才說：「對不起，說實在……我無法分享妳的喜悅，因為對我來說，妳好像正在慢慢遠離，而我卻無力跟上妳的腳步。」

那個傍晚她只記得在止不住的淚水裡，第一次聽他提到兩個人家境的差異、志趣的選擇、思念與距離之間的考驗，還有未來可能如何又如何……最後他認真地說：「我沒有權利干涉妳任何決定和選擇，更不願意自私地阻擾妳對未來的追求，除了祝福，我只有等待，請記得……妳是我這輩子的最愛！」

令她心疼的是，他彷彿一直信守著「等待」的承諾，不定期的航空郵簡密密麻麻地訴說他的思念、工作和生活，提到他被網羅進「逐漸解構，並看得見正快速轉變中」的執政黨的宣傳單位。

只是……這些信始終無法匯聚成足夠的能量，讓在濕冷、陰霾的異國裡活在課業壓力下的她得到支撐，反而是她父親公司派駐在倫敦的經理蓄意的殷勤，讓她不時地可以支領到一些必要的溫暖。

最後她不得不承認，思念與距離真的是一種嚴苛的考驗。雖然她記得少女時代只要看到香港連續劇裡的男女用廣東話談情說愛時總覺得好笑，沒想到一年多之後她就和那個來自香港的經理走進教堂。得知訊息的他寫來的最後一封情書只有幾個字：等待的盡頭祝福依舊，只因為妳是我這輩子的最愛。

兩年後她從報紙上看到他結婚的消息，新娘她認識，也是當年文學社的社員之一；然而，她心裡的愧疚卻不曾因此消失，倒像是不癒的暗瘡，常在無法預料的時刻隱隱作痛。

三年後她離婚，先生劈腿，對象是一個客戶的秘書，香港女孩，當時她第一個感覺是：用廣東話談戀愛對他們來說還真的比較合適。

之後，她全心投入父親公司在歐洲的所有業務，男人不缺，愛情卻始終空白。最後一次看到他，是在政權二度移轉之後一個政商雲集的宴席上。他似乎一眼就認出她來，雖然不停地和其他人握手寒暄，但視線卻老是瞥向她這邊。後來他慢慢走過來，依然是那麼好看的笑容，伸出來的依然是長得像作家的手。

她不知道從何說起，只好以微笑和沉默面對，而當感覺到他的手好像有意傳遞某些隱密的訊息似地連續緊握了她幾下之後，她再忍不住地藉著西式的擁抱有意地親近曾經那麼熟悉的身體，她聽見他在耳邊輕輕地說：「我知道……有關妳所有的事……我一直都在意。」

她把名片遞給他，而在眼淚即將潰堤之前，她低頭轉身，緩緩離開。

葬禮很沉悶，公祭的單位落落長，她坐在角落的位子遠遠看著那張熟悉的臉孔，安靜地聽著司儀以故做憂傷的腔調吟誦著一篇接一篇毫無感情的祭文，等候著個人拈香的時刻到來，因為唯有那時她才有機會跟他說：我對不起你……但請你相信，這輩子，最愛的依然是你。

後來她無意識地打開方才入口處服務人員遞給她的禮袋，發現裡頭裝著一條名牌手帕和一本書，書名和封面設計都有點俗氣，叫：《字字句句都是愛》，她連墨鏡都沒取下，隨意翻看著。她看到遺孀的卷頭語，說裡頭是當年夫君寫給她的大部分的情書，「他把大愛留給臺灣，其餘的就在這裡，只留給我這個幸運的女子。」

然後她看到第一封，沒想到竟然是多年以來幾乎都可以倒背如流的內容：「甜美而纏綿的言語和神情或許更容易打動妳的心，但，請原諒一個在這樣的日子裡出生的呆子，他只會用最簡單而且愚昧的書寫方式來呈現心裡已然無法壓抑的悸動和持續的、無聲的吶喊，但卻又無能想出更婉轉、更合適的語詞，因此只好寫下這單調而貧乏的三個字——我愛妳。」

日期比寫給她的稍稍晚了一點，隔了一個月又九天。

當鄰座一個中年婦人好意地遞給她面紙的時候，她才發現自己在哭。

「妳留著用吧……」那婦人指著她手上的書低聲地跟她說：「我現在只想笑……因為直到剛剛我才發現……這傢伙當年寫給我的情書……竟然和寫給他老婆的一模一樣。」

情書

偶爾他還是會想起六〇年代那種雙排對坐、橘黃色的臺北公車，因為那種座位安排的方式讓他和那個女孩有長達半年的「相親」時間，而那顏色根本就是他們愛情的象徵。

那時候他在松山一家機械工廠當技工，晚上則在城內一家商工學校夜間部進修，高三那年的某一天，那女孩出現在他眼前。他上車的地方是公車的起站，所以通常都有座位，他習慣在上車之前買一個菠蘿麵包當晚餐，在車內乘客逐漸增多之前啃完。

有一天，他看到對座出現一個好看的女生，也和他一樣，低著頭認真地吃著麵包，不過是起司包肉鬆的那種。那女孩之前沒見過，制服上頭的校名和學號顯示她念的是離他學校不遠的一個女子商業學校，同樣是高三。

女孩忽然間也察覺他的存在吧，卡其窄裙下的腿不自覺地稍微夾緊，低著頭，放慢吃麵包的速度，一小塊、一小塊地撕，有一下沒一下地嚼。

車子逐漸進入市區，乘客逐漸擁擠，不過，透過搖晃的人縫，他反而可以比較放膽地去看她那好看的樣子。

車到八德路，乘客已經塞到沒空隙，但左轉敦化南路之後，有一個聒噪的女生卻用聲音告訴他那女孩的存在，甚至斷續地傳遞著某些訊息，那女生應該是她的同班同學，說：「好羨慕妳哦，現在每天都有位子可以坐……可以先睡一下……第一天習不習慣？電話會不會很多？……有宿舍好好哦……不用付房租。」

也許是緣分，當晚他一上車就看到被擠在人群裡的她，在車掌不斷說「請往裡面走」的催逼下，最後他就停留在她身邊，近到可以看得見她臉上幾個可愛的雀斑。

車過八德路，乘客逐漸稀疏，兩個人開始有座位，對坐著，都低著頭；車到終點時只剩他們兩個，下車後，女孩頭也不回地小跑步離開。

之後半年，每星期至少有三、四天，他們倆重複著這樣的路程，彼此知道對方的存在，透過她同學偶爾的呼喊，他甚至連女孩的名字都知道，但兩人卻連一個招呼、一個笑容都未曾交換。

寒假看不見的日子，他竟然會覺得失落，甚至會傻傻地想：「那女孩呢？會不會跟我想她一樣想念我？」

天氣轉暖後的某一天，在擁擠的車子裡，他聽見那個聒噪的同學說：「啊！木棉花都開了！」然後他聽到那女孩說：「我好喜歡木棉花，覺得它好男人！」

那天晚上他終於鼓起勇氣蹺了一節課，跑到仁愛路三段，趁路上沒人，也不管樹幹粗糙刺人。他攀上一棵木棉樹，連花帶枝幹折下一整段，然後坐計程車回到終點站等她出現。當他把花遞到她眼前時，她看著他，沒什麼特別反應，只淡淡地說：「你好神經。」

第二天傍晚上車的時候，女孩走過來，遞給他一個信封，然後依舊沉默地坐在對座，慢慢地吃著她的起司包肉鬆。

教室裡他迫不及待地打開信封，裡頭是一張紙，但只貼著一個一塊錢的銅板，以及五個阿拉伯數字，一如天書。

同學罵他笨，說：「她叫你打電話給她啦！」

第二天他打了，是一家木材加工廠的總機，他說：「請幫我接×××小姐……」之後，總機竟然一陣沉默，然後是她的聲音，說：「我以為你不懂我的意思……」又一陣沉默之後，他才聽見那女孩有點哽咽地說：「你知道嗎？……寒假的時候……好幾次，我竟然會在上課的時間跑去搭公車……那時候，我就知道……我完了！」

幾年之後的結婚婚禮上，他一字不漏地重述了那次電話裡她講過的話，說當他聽到女孩哽咽地說寒假沒課竟然還跑去坐公車，說「我就知道，我完了！」的時候，電話這頭的自己一樣熱淚盈眶。

那時候他已經在三重跟人家合夥開了一家小工廠，合夥人管業務和財務，他只管技術。他說他只知道沒日沒夜地忙，可是連續兩年合夥人都跟他說工廠並沒賺到什麼錢；更沒想到的是，第三年春節後才開工不久，有一天工廠忽然衝進來一堆人拆機器、搶原料，原來合夥人開出去的支票陸續都跳票。

工廠登記的負責人和支票出票人的名字都是他，所以因違反票據法進了監獄的人當然不會是開票的合夥人。這還不打緊，可恨的是即便人都已經進監獄了，家裡竟然還會有人不時跑去騷擾、討債，房東受不了，要他太太搬家，而這一切，會客的時候，太太都不曾跟他說。

直到有一天接到太太的信，才知道她去了南部，說以前的同事幫她介紹了工作，說雖然之後會客不易，但她相信他一定會諒解，因為生活上至少可以避開許多干擾和恐懼，她要他忍耐、要他堅強，說「我和他都在等你回來」。

他是誰？第二張信紙上有答案，上頭貼的是一張超音波的圖像，以及太太簡短的說明：「醫生說，他是男生，因為有這個！」紙上畫著的箭頭指向圖像上一個被紅色原子筆圈起來的小小的、凸起的暗影。

出獄的時候，孩子已經兩個月大，他說他記得第一次抱著孩子和太太走在南部某個城鎮黃昏的小路上時，路旁的木棉花正盛開，太太從地上撿了一朵給孩子看，喃喃地跟孩子說：「要記得，有這個……才有你哦！」

直到如今，他說偶爾他還會想起那天黃昏太太的聲音和表情。

也許正如臺灣人說的「娶某前、生子後」總有好運氣，從出獄之後的十幾年間他的事業順利地超乎想像，孩子國中畢業那年，他已經有能力在美國買房子，並且讓太太陪著孩子在那兒就學。

太太雖然經常不在，他也不曾不軌，直到那一次。

那天他做東請協力廠商吃飯，酒後總是比較感性吧，就跟主桌的人講起他和太太如何因為木棉花認識，以及當年入獄時太太如何用超音波的圖像鼓舞他的往事。之後他載著幾個廠商回他們住宿的飯店，路過仁愛路，恰巧又是木棉花的季節，一個南部來的女老闆忽然說：「要是現在你有喜歡的人，大概也沒有體力爬樹摘花了吧？」

他說他二話不說，車子往路邊一靠，有點勉強地爬上樹，連花帶枝幹折了一段，在眾人的嘩笑中遞給那個女人。

一個多月後的某一天，他接到一封信，信紙上黏著一個一塊錢的硬幣，一個電話號碼，以及另外四個類似分機的數字，他打過去，是飯店，那四個字是房間號碼，接電話的是那個南部的女廠商。

在床上，女人說先生幾年前車禍過世了，她承接他的生意，說：「很辛苦，也很寂寞。」

兩三個月後，同樣的女人寄來另一封信，信紙上貼著另一張超音波輸出的圖像，說：「他是你的。不過請放心，我沒有要你負責的意思……他的父親是誰，也許在很久很久之後，我才會跟他說，更也許這一輩子都不會說。」

二十多年過去了，他說這個不知道是否真正存在的小孩就和木棉花一樣，一直是他生命裡無法去除的陰影和……思念。

重逢

事業失敗之後才發現除了開車之外，自己好像連說得出口、拿得出手的專長都沒有，所以最後他選擇開計程車。

只是沒想到臺北竟然這麼小，計程車在市區裡跑竟然老是碰到以前商場上的客戶或對手，「熟人不收費，自己倒貼時間和油錢這不算什麼……最怕的是載到以前的對手，車資兩百三給你三百塊，奉送一句：不必找啦，留著吃飯！外加一個奇怪的眼神和笑容，那種窩囊感讓人覺得乾脆死了算了！」

所以後來他專跑機場，說比較不會遇到類似難堪的狀況，而且也不用整天在市區沒目的地逛，讓自己老覺得像一個已經被這個戰場淘汰的殘兵敗將，或者像中年遊民一般地無望。

不過，他也承認跑機場的另一個奢望是如果前妻帶著孩子們偷偷回國的話，說不定還有機會堵上他們，至少和孩子們見上一面；「離婚後就沒見過……我都只能憑空想像他們現在的樣子。」

孩子和前妻一直沒碰上，沒想到先碰到的反而是昔日的愛人。

他說那天車子才靠近，他就認出她來了。「曾經那麼熟悉的臉孔和身體……而且除了髮型，十幾年她好像一點也沒變。」

上車後，她只說了一個醫院的名字和「麻煩你」之後就沉默地看著窗外，反而是他自己一直擔心會不會因為車子裡的名牌而被她認出來。不過她似乎沒留意，視線從窗外的風景收回來之後便拿出電話打。

第一通電話聽得出她是打回澳洲雪梨的家，聽得出先生出差去英國，她輪流跟兩個孩子說話，要一個男孩不要為了打球而找藉口不去上中文課，也要一個女孩鋼琴要好好練，不然表演的時候會出糗，然後說見到外婆之後會替他們跟她說愛她等等，最後才聽出是她母親生病了，因為她說：「我還沒到醫院，不過媽媽相信外婆一定會很平安。」

他還記得她母親的樣子和聲音，以及她做的一手好菜，更記得兩人分手後的某一天，她到公司來，哽咽地跟他說：「你怎麼可以這樣對待我女兒呢？你都不記得我燒過那麼多好菜給你吃……」的時候那種顫抖的語氣和怨懟的眼神。

打完家裡的電話，接著打的是她公司，俐落的英文、明確的指令加上自然流露的對同事的關心一如以往。

他們大學時候就是班對，畢業之後他去當兵，而她在外商公司做事。退伍後，她把一些客戶拉過來，兩個人合夥做，三年後，兩人公司變成二十幾個人，而他卻莫名其妙和一個客戶的女兒上了床。

「說莫名其妙其實是藉口。」他說：「到現在也沒什麼好不承認的……一來是新的身體總比熟悉的刺激，還有……這個客戶公司的規模是我的幾百倍，那時不是流行一句話：娶對一個老婆可以省掉幾十年的奮鬥？」

最後車子經過敦化南路，經過昔日公司的辦公室，兩旁的臺灣欒樹正逢花季，燦爛的秋陽下一片亮眼的金黃。

後座當年的愛人正跟之前公司的某個同事話家常，說臺北、說澳洲、說孩子、說女人到了一個年齡階段的感受，然後說將在臺北停留的時間以及相約見面吃飯，說：「讓我看看你們現在都變成什麼模樣。」

車子最後停在醫院門口，他說他還在躲避，也在猶豫要不要跟她收費或者為她打個折什麼的，沒想到後頭的女人忽然出聲，用極其平靜的語氣跟他說：「……我都已經告訴你我所有的狀況……家庭、工作、孩子，告訴你現在的心情、告訴你對過去同事的思念……什麼都告訴你了，而你……而你連一聲 hello 都不肯跟我說？」

美滿

美滿有兩個丈夫，一個戶口內，一個戶口外；兩個孩子，一男一女，也是一個戶口內，一個戶口外。

每當有人說她好命，人生就像她的名字，她都回應人家說：「我的人生？我的人生根本就像看到鬼！」

美滿十八歲那年嫁給大稻埕一個商家的小兒子，洞房之前她不知道這個丈夫長得是圓還是扁。不過，所有親戚都說她會很好命，因為老么比較得寵，吃、穿都占雙份，當老么的媳婦肯定吃好、穿好、責任少。

結果呢？美滿說：「看到鬼！就沒人跟我說他爸爸娶了四個老婆，生了十個兒子外加七仙女，他是四房生的第十七個小孩，他爸爸連他的名字都常忘記！」

那長得像不像小生？「看到鬼！像門神，黑又粗，第一晚就從暝頭把我整到快天亮，害我這個新娘第二天差點起不了床。」

或許是這樣，結婚才三個月，先生奉召去當兵，「我肚子裡的小孩也差不多三個月大。」美滿說：「一聽到他要被派去海外，我哭到眼淚乾，他竟然還殘忍地跟我說：『萬一我沒回來，妳還年輕，有機會就另外找人嫁。』」

先生剛到海外的初期還有信，來自一個陌生的地方叫馬來亞，後來慢慢沒消息，而那時候臺北也開始不平靜。

「美國的 B-29 整天蠅蠅飛，防空壕我永遠跑最後，為什麼？肚子大跑不動！好不容易躲進去，婆婆還叫我要背朝外、肚子朝裡，開始我不懂為什麼，後來才知道，原來她的意思是萬一飛機掃射的話，我的身體至少可以擋槍子，我死沒關係，孫子要留住。」

世局不平靜，沒想到家裡也出大事，聽說每天都要吃一盅烏骨雞燉巴參的公公沒病沒痛地忽然就死了。「雖然是非常時期，出殯的場面還是大，想想看，四個太太外加在家的十六個兒子女兒還有內孫外孫……道士一聲：哭！三條街之外的人都以為是空襲警報響。」美滿說：「之後發生的事……不相信的人一定以為我是在講故事。」

美滿說丈夫家的祖墳在觀音山，出殯隊伍浩浩蕩蕩才上了山，沒想到空襲警報的水螺又響。「美國仔飛機大概以為我們的陣頭是部隊，從淡水海口那邊才一飛過來，機關槍就開始掃射，所有人又哭又叫到處找地方躲、找地方跑……老實說，我婆婆還不錯，她拉著我往路的下邊跳，說來也真巧，跳下去的地方剛好有一個比肩膀寬一點的涵洞，我就拚命往裡頭鑽，婆婆在外頭拚命推，還大聲地跟我說：『妳肚子要朝上仰著鑽啦……』不過她話還沒講完，外面就好像發生什麼大爆炸，接著是大地震，我眼前一黑，什麼都聽不見、什麼都看不見。」

「後來我是被拖出來的……整個涵洞的出口都被土石蓋住了，要不是人家看到婆婆露在外面的腳，都不知道裡頭還藏著我。」美滿說：「夭壽美國仔大概嫌掃射慢，竟然乾脆丟炸彈。結果呢，死一個公公還不夠，那天又死了七、八個來湊，婆婆就是其中一個……那個下午真的像在演電影，大家除了忙著搬屍體、救傷患，你知道其他人在幹什麼嗎？大家都在找棺材！」

她說誰也沒想到炸彈會那麼準，好像剛好就炸在被擱在路邊的棺木上，於是一堆人就在那個還在冒煙的大窟窿裡頭找公公。

「現在想想……那場面實在淒涼又好笑，整個山上斷斷續續都有人這樣哭喊著：阿爸啊阿爸……啊，這裡一塊腳！……阿公啊阿公，這裡有他的衫！」

婆婆死了，丈夫不在，勢單力薄的美滿除了原有的房子之外，公公的遺產一點都沒她的份。那是一九四五年四月的事，五月孩子出世，八月臺灣光復，外頭到處鞭炮聲，十九歲的美滿卻抱著孩子看著丈夫的照片在屋子裡哭，不知道未來該怎麼過日子。

或許命中注定有貴人，有一天美滿抱孩子去看醫生，街角遇到一個瞎眼的相命仙，坐下來就把一肚子的恐慌和疑惑丟給他。相命仙聽了生辰八字屈指算了算竟然嘆了一口氣說：「從我『有眼睛』到現在也沒看過桃花這麼旺的人，一輩子交往的人剁不離、算不完。」最後的結論是：「如果未來想有安穩的日子過，有兩種行業挺合妳的命格，第一是開酒家，第二是開旅社。」

她把相命仙的話講給人家聽，沒想到連娘家的人都說：「相命的話如果可以聽，狗屎都可以吃！」

美滿倒是著了魔般地下賭注，賣金飾當本錢，雇工人把房子大改裝，三個月後以兒子的名字命名的「富源大旅社」正式開幕。當天第一個入住的客人正是那個相命仙，而且從此一住就是十五年，不但把旅館的房間當成相命館，也把旅館當成自己的家。

「頭腦巧，不如時機抓得好。」之後美滿常常跟人家這麼說：「光復不久，先是中南部的人往臺北跑，誰知道沒幾年卻碰到唐山人往臺灣逃。」

富源不僅生意好，一度還成了尋人中心、聯絡站、地下錢莊以及職業介紹所。生意好，生活也沒煩惱，但美滿依然有怨嘆，覺得生意場應該是男人站前面，

「啊，我怎麼連一個忙的時候可以湊腳手、累的時候可以靠一下的男人也沒有？」

不過，美滿果然桃花旺，心裡才開始偷偷想，漢亭竟然就出現。

漢亭原本在南部製糖會社當技師，光復後國民政府來接收，他莫名其妙地被解雇，一氣之下就跑到臺北住進富源到處找頭路。他有學歷可是缺背景，有技術卻沒口才，旅館住了兩三個月，什麼也沒找到，最後好像連志氣都沒了，每天騎著腳踏車載著美滿的兒子四處逛。

美滿倒覺得這個人不但老實又愛孩子，最重要的是他什麼都會修，從電燈不亮、電話不通、水龍頭漏水到牆壁龜裂，只要叫一聲：「漢亭，拜託一下！」就一切都放心，什麼都免煩惱。

美滿之後都跟人家說：「不要以為我愛他，當時，我只是想把他拐下來當長工。」

漢亭倒不這樣認為，他曾經在喝醉話多的時候跟人家說：「她都以為我很呆……其實，我早就發現她看我的眼神跟看別人不相同，那裡頭有愛意，發現我注意到她的時候，還會臉紅！」

總之，那年尾牙的晚上，或許兩個人都喝了一點酒，心情比較鬆，美滿跑去敲漢亭的門，說年關近了，工作更難找，問他有什麼打算？

漢亭說自己也不知道，最壞就是回南部鄉下種田、養豬，死心當農夫。

美滿說：「如果這樣，倒不如就在富源幫我忙……你看，我連尾牙也請你，可見我早就不把你當客人……你南部有父母要奉養，我知道，所以每個月要多少錢……任你說，我不會虧待你。還有，我知道你喜歡富源，富源也喜歡你，這種緣分更是不容易……」

回憶起這一段，漢亭說，那時候他知道美滿的意思，可是「我還是在等最後她會怎麼表示」。據說美滿最後是這樣講，她說：「你現在沒收入，房間錢我都收到不好意思……若不嫌棄，其實，你可以來我房間住，跟我擠。」

美滿倒是大方承認她的確這樣講，不過，她也說：「住進來的第一晚，我才知道，哼，不會叫的狗原來這麼厲害，一咬人就不肯放開！」

人生走到透，美滿常說很多事是注定的，別鐵齒，當命中的某顆星辰走到哪個位置，該遇到的事怎麼也躲不掉。

二二八事件的時候，相命仙告訴美滿和漢亭說：「會平安啦，免驚惶，只要漢亭忍一下，不要莽撞地想拿木劍去跟步槍拚！」

隔了兩年多，有一天晚上相命仙和漢亭都喝醉了，美滿聽見相命仙又有點大舌頭地跟漢亭說：「真奇怪，你和美滿未來這一年的主運哪會都走同樣的路線？都是

『悲喜交集，哭笑不得』？」

那是一九四九年夏天的事。

也從那年秋天起，旅館裡天天擠滿一大群南腔北調的唐山人，有人攜家帶眷，有人妻離子散，儘管來來去去都是不同的人，卻都有同樣的一種神情叫茫然。

不過，美滿記得那女人抱著才出生不久的嬰孩半夜出現在眼前的時候，她在那張蒼白虛弱的臉上看到的彷彿不只是茫然，而且還有驚嚇和絕望。女中說已經告訴她沒房間了，但那女人堅持不肯走，說她走不動了，而且需要吃些東西，逼一點奶給嬰兒喝。

美滿說媽媽的心情自己當然懂，於是讓她在女中的通鋪上先休息，然後下廚煮了一碗麻油蛋包加麵線給她吃，不過，問她叫什麼？從哪來？除了微笑之外，她卻什麼都沉默，一直到最後才跟美滿說：「什麼都不知道，對妳比較好。」

「第二天清晨的事，現在想起來啊……還是會哭。」美滿回憶說：「她才剛掏奶餵孩子，外頭一堆軍人就帶槍衝進來……她把孩子給我抱，孩子沒吃飽開始大聲哭，她倒是冷靜地從破包袱裡掏出一個龍銀遞給我，什麼也沒說，就扶著牆走出房間跟那些軍人說：『我在這裡，不要動槍動刀，不要打攪人家睡覺。』當那些兵把她的手折在背後押出去時，我記得她還硬是掙扎地轉頭看了一眼，只是不知道她是在看我……還是在看我手上的孩子。」

美滿說之後她被軍人帶去問了好幾天，祖宗八代的事都問，但就是沒人問起那個孩子。不久之後新聞登了很大一篇，說有共產黨的組織被破獲，幾個「匪徒」都被槍殺了，管區的警員偷偷跟美滿說，其中那個女的就是從旅館被抓走的那一個。

那天半夜等所有人都睡了，美滿要漢亭照著報紙上的記載，把那女人的名字和籍貫「湖南長沙」寫了一張白紙貼到屋後的牆壁上，然後抱著嬰孩跟她鞠躬，燒香、燒紙錢，並且跟她說：「妳會找到我，這是咱有緣，妳的遭遇我不清楚，不過，現在妳安心跟著觀世音菩薩去就是，至於孩子……妳放心，我會把她當成自己的女兒養，但是妳在天上也要幫著顧、幫著看！」

屋裡所有人都知道這個秘密，不理解的只有小富源，才四歲多的他不懂為什麼只隔了一個晚上，那個原本大家都叫她「紅嬰仔」的小小孩，忽然就有了新的名字叫「富美」，而且說從那天起她就是他的新妹妹。

富源不懂的事情之後還更多。

那年過年前，旅館的門前忽然出現一個又黑又瘦、一臉滄桑的男人，他遲疑地看著坐在櫃檯裡頭的卡桑好一會兒，開口沙啞地說：「美滿，我阿哲啦。」之後，富源記得現場所有人彷彿就像電影裡的定格一般全愣住，好像很久很久之後，才聽見美滿激動地說：「富源！富源！你阿爸沒死回來了！趕快叫阿爸！」

富源說當時只覺得怎麼會這樣？不是才剛多了一個妹妹嗎？現在……怎麼又多了一個阿爸？

每想起那段「悲喜交集，哭笑不得」的日子，美滿都會說：「富源只是搞不懂怎麼多了一個老爸，我是一下子有兩個丈夫才尷尬！」

阿哲剛回來的時候身體很差，請中醫調理了很久，精氣神才慢慢恢復，但整個人的魂魄好像都散了，白天不講話，睡覺的時候卻整晚講夢話，甚至還會慘叫、哀號，美滿搖醒他的時候經常發現他一身汗，好像夢境裡受到什麼追逐或驚嚇。

有一天美滿半夜醒來，發現失眠的阿哲手上竟然拿著好幾根人骨仔細端詳，美滿嚇到連話都說不出來，沒想到阿哲倒是溫柔地跟她說：「免驚啦，都是好朋友，我帶他們回來的。」阿哲說早在日本投降前，他們的部隊已經被盟軍打得七零八落，潰散到叢林裡各自亡命，戰友陸續因為受傷、飢餓或瘧疾死了。

「沒力氣也沒時間埋他們……只好把他們的手剁一隻下來，生個火把肉燒熟了，用刺刀削掉，往背包一插繼續跑……」阿哲說：「現在煩惱的是，當初忘了做記號，哪隻是誰的我已經分不清。」

美滿說她還記得阿哲在講這些歷程時，那種溫柔的語氣和眼神。

阿哲後來逃到一個深山的村落裡，幫人家砍柴、墾山。

「知道戰爭已經結束後，我反而走不了，因為……我跟那裡一個女人已經有了孩子，總不能把人家丟下自己回臺灣，要是妳，妳也不會這樣做，妳說是不是？」阿哲平靜地說：「這都是命運，所以妳另外有男人，我也不怪妳，何況當初我自己都講過，萬一沒回來，妳就另外找人嫁，講過的我不會反悔。」

那個女人和小孩呢？美滿說：「很可憐……阿哲講的時候還一直哭，說那邊每年都會燒山墾田，那年燒山的時候，風向突然變，大火濃煙撲向整個村落，小孩和女人死了好多，阿哲說找到那對母子時，孩子是被媽媽放在水缸裡，媽媽全身燒得大部分只剩骨頭，可是整個身子還覆著水缸口……」

後來呢？一下子有兩個丈夫……妳怎麼處理？

「老實說，這兩個男人最初對我有夠好……漢亭看阿哲身體好了，東西收收就要走，阿哲竟然去找他喝酒，要他留下來，說比起自己，他跟我的夫妻關係反而還更久；而且，富源也只認他當爸爸，而自己至少外面曾經有過家庭，回家……說起來反而像路過借住而已……講了一大堆。」美滿說：「兩個人這麼客氣來、客氣去，倒楣的反而是我，明明丈夫有兩個，有一段時間卻活得像寡婦……後來我生氣了，只要想讓誰陪，我就拿酒去找誰喝，兩個人給我輪流！」

「後來這兩個都慢慢變壞了……阿哲大概南洋待過那麼幾年，知道哪裡有木材的生意可以做，跟我拿了一些錢做本，和漢亭一起做木材進口，把旅館生意丟給我自己扛……沒幾年，這兩個竟然賺了不少錢，晚上經常穿得趴裡趴裡出去混，有一天我出去抓，兩個人竟然在酒家裡喝得醉醺醺，左邊抱一個、右邊抱一個，看到我也不怕，兩個人竟然還裝蒜，彼此問：『今天不是應該輪到你陪她，我放假？』」

那是民國四十六、七年的事，但經過五十年後，美滿講起來卻還是一肚子火，她說：「人間事若像水，女人的頭殼就像海綿，碰到的就不會忘；男人的頭殼像『孔固力』，潑下去轉眼乾。不信你去問阿哲，看他記不記得馬來亞山上的孩子和老婆？還有，你去問漢亭，看他記不記得當初怎麼『設計我』？」

到底是誰設計誰成了美滿和漢亭一輩子永無休止的爭論，有時候甚至連阿哲也會被牽拖進來，因為美滿會抱怨說：「當初要不是媒人亂設計，我這輩子也不會這麼坎坷。」不過，儘管嘴裡老是這麼叨唸著，但他們心裡各自明白，沒有誰設計誰，說到底都是時代設計了所有人。

面對無法抵擋的命運，人們也只能逆來順受，一如美滿後來習慣的的口頭禪：「天意！」

民國五〇年代，南北二路數不清的年輕人湧進臺北尋找發展的機會，美滿幾乎把那些短期投宿的「莊腳囝仔」當作自己的小孩看，不但幫他們介紹工作，甚至還當起媒人撮合姻緣。美滿說這輩子經過「美滿作媒，保證美滿」的夫妻超過兩百對，然而她私下最想撮合的一對最後卻以遺憾收場！

她說的是富源富美兩兄妹。

美滿和漢亭在一起的時候並沒有辦戶口登記，阿哲回來之後，美滿當然也還是他的「配偶」，於是漢亭只好自立門戶，而富美則是他門戶下的「養女」和漢亭同姓，因此漢亭有時候會藉故哀嘆自己和富美都是「戶口外」的「外人」。

既不同姓又沒有血緣關係，所以儘管富美從小就叫富源哥哥，但美滿卻始終認為這兩個以後應該可以自然而然地「送作堆」。

「自己養大的女兒成了媳婦，還有比這個更圓滿、更讓我放心的姻緣嗎？」美滿說：「誰知道，他們兩個還挺認真地以兄妹相對待……天意啦！」

富美其實很小就知道自己的來歷，但她始終不覺得自己和富源有什麼不同，有時候甚至還會懷疑哥哥才是「戶口外」的人，因為上學之後她的成績永遠在前頭，而富源則老是吊車尾，所以被寵的是她，經常被罵的反而是哥哥；富源勉強念完高職就跟著兩個爸爸學做生意，在外奔波走闖，而她卻一路無憂地念完大學還出國留學。

多年之後她曾經跟富源承認說，其實有很長的一段時間，她很著迷他那種跟好學生完全不同的、率性而且海派的江湖性格，但是，「……怎麼說，你總是我哥哥，是不是？」

富源說當她講起這一段的時候，自己也差點失控。

「我怎會不喜歡她呢？只是那時候……她實在太優秀了，優秀到讓自己自卑，所以寧願當她的哥哥就好，至少可以因為『富美是我妹妹呢！』而有一點小小的驕傲！」

不過，這一段他可沒告訴富美，畢竟「是過去的事了，而那時候我已經是兩個孩子的爸爸了，說了……又能改變什麼？跟她說這個……倒不如留在自己心裡頭就好」。

富源說的「那時候」是一九七〇年代中期，富美在美國東岸的大學拿到博士學位。出國還不是那麼自由的年代，有商務護照的富源奉母親和兩個爸爸之命去參加她的畢業典禮。富美的博士論文聽說和臺灣白色恐怖的那段歷史有關，她跟富源說：「研究這個，是因為想找到那個生我的媽媽的來歷吧？結果……她沒找到，卻反而找到更多跟她一樣命運的媽媽。」

富源旅館在一九八〇年代中期結束營業，改建為住宅大樓，大樓的名字叫「美滿人生」。

二〇〇六年富源幫美滿辦了一場盛大的八十壽筵，富美也帶了美國丈夫和三個小孩專程回來，那時候阿哲和漢亭都已經在幾年前陸續往生。

美滿在觀音山建了一個塔位，把他們兩個放在一起，說以後自己也要住進去，「三個人從沒睡在一起過，那種滋味……我就不信那兩個死人不想試試看！」美滿很有把握地這麼說。

PART

5

這些人，那些事

思念

小學二年級的孩子好像很喜歡鄰座那個長頭髮的女孩，常常提起她，每次一講到她的種種瑣事時，你都可以看到他眼睛發亮，開心到藏不住笑容的樣子。

他的爸媽都不忍說破，因為他們知道不經意的玩笑都可能給這年紀的孩子帶來巨大的羞怒，甚至因而阻斷了他人生中第一次對異性那麼單純而潔淨的思慕。

雙方家長在校慶時孩子們的表演場合裡見了面；女孩的媽媽說女兒也常常提起男孩的名字，而他們也一樣有默契，從不說破。

女孩氣管不好，常感冒咳嗽，老師有一天在聯絡簿上寫說：「鄰座的女生感冒了，只要她一咳嗽，孩子就皺著眉頭盯著她看，問他是不是咳嗽的聲音讓你覺得煩？」沒想到孩子卻說：「不是，她咳得好辛苦哦，我好想替她咳！」

老師最後寫道：「我覺得好丟臉，竟然用大人這麼自私的想法去汙衊一個孩子那麼善良的心意。」

爸媽喜歡聽他講那女孩子點點滴滴，因為從他的描述裡彷彿也看到了孩子們那麼自在、無邪的互動。

「我知道為什麼她寫的字那麼小，我寫的這麼大，因為她的手好小，小到我可以把它整個包——起來哦！」

爸媽於是想著孩子們細嫩的雙手緊緊握在一起的樣子，以及他們當時的笑容。

「她的耳朵有長毛耶，亮晶晶的，好好玩！」

爸媽知道，那是下午的陽光照進教室，照在女孩的身上，女孩耳輪上的汗毛逆著光線於是清晰可見；孩子簡單的描述中，其實有著無比深情的凝視。

三年級上學期的某一天，女孩的媽媽打電話來，說他們要移民去加拿大。

「我不知道孩子們會不會有遺憾……」女孩的媽媽說：「如果有，我會覺得好罪過……」

沒想到孩子的反應倒出乎他們預料之外的平淡。

有一天下課後，孩子連書包也沒放就直接衝進書房，撇下世界旅遊的畫冊便坐在地板上翻閱起來。

爸爸問他說：「你在找什麼？」孩子頭也不抬地說：「我在找加拿大的多倫多有什麼，因為××她們要搬家去那裡！」

畫冊沒翻幾頁，孩子忽然就大笑起來，然後跑去客廳抓起電話打，撥號的時候還是一邊忍不住地笑；之後爸爸聽見他跟電話那一端的女孩說：「你知道多倫多附近有什麼嗎？哈哈，有破布耶……真的，書上寫的，妳聽哦……『你家那塊破布是世界最大的破布』，哈哈哈……騙妳的啦……它是說尼加拉瓜瀑布是世界最大的瀑布啦……哈哈哈……」

孩子要是有遺憾、有不捨，爸媽心裡有準備，他們知道唯一能做的事叫「陪伴」。

後來女孩走了，孩子的日子尋常過，和那女孩相關的連結，好像只有他書桌上那張女孩的媽媽手寫的英文地址。

寒假前一個冬陽溫潤的黃昏，放學的孩子從巴士下來時神情和姿態都有點奇怪，他滿臉通紅，眼睛發亮，右手的食指和拇指好像捏著什麼無形的東西，快步地跑向在門口等候的爸爸。

「爸爸，她的頭髮耶！」孩子一走近便把右手朝爸爸的臉靠近，說：「你看，是××的頭髮耶！」

這時爸爸才清楚地看到孩子兩指之間捏著的是兩三條長長的髮絲。

「我們大掃除，椅子都要翻上來……我看到木頭縫裡有頭髮……」孩子講得既興奮又急促：「一定是××以前夾到的，你說是不是？」

「你……要留下來做紀念嗎？」爸爸問。

孩子忽然安靜下來，然後用力地、不斷地搖著頭，但爸爸看到他的眼睛慢慢冒出不知忍了多久的眼淚，他用力地抱著爸爸的腰，把臉貼在爸爸的胸口上，忘情地號啕大哭起來，而手指卻依然緊捏著那幾條正映著夕陽的餘光，在微風裡輕輕飄動的髮絲。

真實感

阿婆一輩子住在漁村，三十五歲那年先生就翻船死了，七個小孩最大的才十七歲，她說她是以「我負責養小的，大的孩子自己養自己」的方式把所有小孩拉拔大。

四男三女七個小孩後來都很成材，也許從小習慣彼此相互扶持，所以兄弟姊妹之間的情感始終濃郁。

他們唯一遺憾的是，阿婆一直堅持住在漁村的老房子裡，怎麼說都不願意搬到城市和孩子們一起住。她的說法是：「一年十二個月，七個小孩不好分，哪裡多住哪裡少住，他們都會說我大小心……而且一個人住，我自由，他們也自由。」

她說得固然有道理，但孩子們畢竟放不下心，所以在她七十歲那年幫她找了一個外籍看護，並且把老房子翻修了一下，甚至還設計了無障礙空間，為她往後萬一行動不方便的時候預作準備。

七十大壽那天，阿婆甚至還拿到一個這輩子從沒拿過的大紅包，三百五十萬元的支票一張——七個孩子各出五十萬元。阿婆當然拒絕，不過，老大代表所有兄弟姊妹發言，說這筆錢是要給她當「獎學金」用的，說內孫外孫都在念書，要阿婆每年分兩次依照他們的成績單給獎金，這樣孫子們就會更努力讀書；如果有人要出國留學的話，阿婆也可以拿這筆錢出來「幫他們買飛機票」。

這理由阿婆覺得可以接受，所以就收了。第二天老大特地帶阿婆去銀行開戶，聽說她還跟銀行經理說：「這是我孫子們讀書要用的，你要替我顧乎好。」

三個月後的某一天，阿婆沒讓看護跟，自己一個人進了銀行，說要把錢全部領出來。行員的第一個反應是：是詐騙集團找到阿婆了！所以很迂迴地問阿婆要領錢的理由，問了老半天，最後連經理都出面了，阿婆還是什麼都不說，一直強調是她自己要領的，沒有人指使她，最後還有點生氣地說詐騙集團的事情她知道，電視天天播。

「你們不要以為全臺灣的老人家都那麼好騙！」

經理沒辦法，只好打電話給老大，要他問阿婆提款的理由。剛開始阿婆還是不願意說，甚至還賭氣地嗆老大：「你們不是說這些錢是給我的？我自己的錢要怎麼處理……難道還要經過你們同意哦？」

糾纏將近半小時之後，阿婆終於老羞成怒似地跟電話那頭的兒子說：「我這世

人從沒看過三百五十萬到底生做什麼樣，我只是想領出來看一看不行哦？」

阿婆這一說所有人都愣在那兒，不過剎那間彷彿也全都懂了！經理當下就跟阿婆說：「阿婆，妳要看妳的錢交代一聲就好了，何必讓大家這樣講到有嘴沒涎！」

沒想到阿婆卻忽然像小女孩一樣，低著頭、捏著手裡的小手帕，害羞地說：「沒啦，我是怕你們以為我對你們不信任。」

經理說：「哪會啊？錢是妳寄放在我們這裡的，看看在不在是妳的權利啊！」

於是經理叫人把三百五十萬元現鈔拿進小辦公室讓阿婆看，根據經理之後打電話跟老大的描述是：阿婆摸了又摸，還問他們說：「這確定是我的哦？啊！你們怎麼認得？」經理說他還騙她說：「我們把它放在有妳名字的櫃子裡啊！」

他說阿婆還自言自語地說：「以前要是有這些錢的話，日子也不用過得那麼艱苦……現在日子已經好過了，這些錢……反而用沒路！」

話雖這麼說，之後每隔一段時間，阿婆還是會獨自走進銀行，找個行員小聲地說：「歹勢，我來那個那個……」

其實，阿婆不用說，所有人也都知道她來做什麼。

圓滿

他父親在鄉下當了一輩子的醫生，一直到七十五歲才慢慢退休。退休有很大一部分原因是有健保之後，村裡的人不管大小病都寧願跑去鄰近的大醫院擠，加上人口外移以及老病人逐漸凋零。

母親常開玩笑說父親現在的病人只剩下他自己，病症是自閉：不出門、不講話，唯一的活動是自己跟自己下圍棋。

從小他父親就期待孩子們至少有一個人可以當醫生，但三個小孩都讓他失望。弟弟從小學鋼琴，不過後來也沒變成演奏家，現在是錄音室老闆，每天聽別人演奏。

妹妹念傳播，當過一陣子電視記者，和企業家第二代結婚，然後離婚，用贍養費經營了一家雙語幼稚園。

父親曾經抱怨說，都是他這個長子壞榜樣，高中分組的時候不管父親怎麼威脅利誘，他還是堅持念文科，之後進報社，職位起起落落，直到現在看著報業飄飄搖搖。

母親曾經跟他們說，其實父親最常抱怨的理由是：這三個小孩所做的事都「對咱庄頭沒幫助」。

不過，幾十年過去，那樣的抱怨倒是慢慢地少了，更意外的是，當他的兒子竟然選擇醫科並且高分考上時，父親不但沒有驚喜，反而淡淡地說：「傻孩子，這個時代才選這款艱苦頭路。」

除夕那天，母親口中「三個臺北分公司」的三家人陸續在黃昏之前回到老家。妹妹、兩個媳婦加上幾個孫女幾乎把廚房擠爆，她們全在那兒湊手腳，一邊聽母親講之前和父親搭郵輪去阿拉斯加旅行的見聞。弟弟則在客廳幫那臺老鋼琴調音，叮叮咚咚地，那是他每年過年回家固定的儀式，其他幾個半大不小的男生則歪在老沙發和祖父的看診椅上看漫畫、玩電動。

父親彷彿跟家人完全搭不上邊似地在二樓陽臺搬弄他的蘭花。他隔著紗門看著父親已然蒼老的身影，他的背都駝了，連步子也邁不開。

當他把威士忌遞給父親要他休息一下時，父親只是笑笑地接過杯子。他跟父親說大兒子得值班，初一晚上才會回來跟他拜年，父親也只是說：「住院醫師……若苦役咧，大大小小事情做不完……」隔了好久才又問說：「回來時……高速公路有沒塞車？」

「沒呢。」他說。

然後兩個人就都沉默地望向過去是一望無際的稻田，而今卻四處聳立起別墅型農舍的田野。

暮色逐漸籠罩，他不經意地轉頭看向父親時，沒想到父親也正好轉過頭來，靜靜地啜了一口酒之後彷彿很努力地在找話題，最後終於問說：「回來時……高速公路有沒塞車？」

「沒呢。」他依然這麼回答他。

團圓飯後發紅包，孫子們發現阿公留給醫生哥哥的紅包是他們的兩倍厚，大家起鬨說阿公偏心，已經五、六杯水割威士忌下肚、整個臉紅通通的父親笑笑地說：「哥哥當醫生最辛苦啊，他是在顧別人呢，啊你們都只需要顧好自已就好。」

父親習慣睡前泡澡，那時候所有人都擠在二樓的和室陪阿嬤聊天、撿紅點，泡完澡的父親忽然笑咪咪地拉開紙門說：「你們累了就先去睡，等賀正的時間到了，我才叫你們。」

所有人忽然安靜下來，因為父親的表情好像還有話要講，等了好久好久之後他才有點靦腆地說：「看大家這麼快樂，阿公也好快樂。」

他說：那是父親這輩子最感性，卻也是最後的一句話。

當他們聽到賀正的鞭炮聲已經遠遠近近響成一片，而父親竟然還沒有上樓叫他們時，才發現父親舒服地斜躺在沙發上永遠地睡著了。

他的表情好像帶著微笑，電視沒關，NHK交響樂團正在演奏的正是父親往昔結束看診之後，習慣配著一小杯威士忌瞇著眼睛聽的樂曲，韋瓦第的〈四季〉。

八點檔

直到他醫學院畢業、當完兵，然後進入著名的教學醫院當第一年住院醫師，並且把第一個月薪水拿給她之前，他從沒看過母親的笑容。

他記得那天母親很認真地看著薪水袋，好久好久之後才自言自語地說：「人家說我這麼拖磨，總有一日會出頭天……他們都不知道，最悲哀的是你，我是在等你出頭天。」

他沒父親，沒兄弟姊妹，跟媽媽同姓，身分證父親那一欄始終寫著「不詳」，一直到幾年前才改成空白。從小到大他從不曾像電影或電視裡演的那樣，在某個年紀時會問母親：「我為什麼沒爸爸？」

他說不懂事的時候不知道要問，到懂事的時候則根本不敢問。

小學的時候，母親每天得幫三戶人家洗衣兼打掃，至於下午的時間，他記得母親曾經賣過臭豆腐、炸粿、蚵仔麵線等等，而且每到放學時刻就會把攤子推到學校附近來賣給學生，所以一下課他就必須趕過去幫忙，生意高峰過後他就在攤子旁邊寫功課，直到賣完為止，沒賣完的母子倆就拿來當晚餐。

每當幾個特定的孩子走過攤子前，母親總會小聲問他：「你考試分數有沒有比他高？」無論他的答案是有或沒有，母親接下來的話永遠是：「人家他們的爸爸不是有錢就是在做官，你爸爸是死在路邊被狗拖，如果你連讀書都贏不了人，那你以後就準備去幫他們做奴才倒尿桶！」

後來洗衣機方便了，擺攤子也常被警察抓，母親只好轉業去一家當時開始流行的地下酒家當內將，那時候他已經念高中。

他的便當和晚餐換成母親從酒家帶回來的剩菜，比起小學時代不僅花樣多，而且既豐盛又豪華，蹄筋、龍蝦、鮑魚、魚翅不稀奇，他說：「甚至還經常吃到裡頭附送的牙籤、酒瓶蓋和菸屁股。」

考上第一志願醫科的那一年春節，母親終於帶他回中部的老家「返外家」，聽到母親以那種故作卑微的語氣，跟幾個臉上沒什麼表情的阿姨和低頭抽菸的舅舅們說：「沒想到這個從小被我用餿水養大的孩子也會考到醫生！」

回來的火車上，他終於鼓起勇氣問母親：「妳少年的故事到底是怎樣？」

沒想到母親閉著眼睛裝睡，很久很久之後才說：「免問啦，看電視就知道啦，我的故事……連續劇常常在扮。」

幾年後他的小阿姨心臟開刀，成了他的病人，查房的時候偷偷問她母親的遭遇，沒想到阿姨竟然也同樣這麼說：「現在想想……很像八點檔的連續劇。」

他說自己想像過無數次，原本以為會曲折離奇、悲情萬分的故事，經阿姨一講卻果然是老套又無趣：母親小學畢業後先在家鄉的裁縫店當學徒，也許大多數的同學都往臺北跑，讓她覺得留在家鄉沒出息、沒面子，於是也沒跟家裡講，自己就偷跑到臺北。介紹所幫她找到一個帶小孩的工作，誰知道沒多久卻被這家人的大兒子給弄大了肚子，人家是當官的人，給錢了事可以談，其他打死不認帳，外公和舅舅們無力對外，只會罵母親賤，母親從此一去不回，帶著小孩自力更生。

就這樣。

「不過，結局還不錯。」他說。

兩三年前一個夜晚，他被緊急叫進開刀房，救回一個知名官員的命，忙了一整夜第二天他還得主持記者會，跟媒體講病況。當他累歪歪地回到家，聽見母親在房裡叫他。

他走過去，發現門鎖著，他敲敲門，隔了好久之後他才聽見母親說：「我沒事，免煩惱……我是說……我前輩子一定欠那個×××非常多……讓他侮辱沒關係……還要這麼辛苦替他養兒子，來……來……救他那條不值錢的狗命！」

寂寞

阿照跟她的爸爸一點都不親，就連「爸爸」似乎也沒叫過幾次。

這個爸爸其實是她的繼父。媽媽在她四歲的時候離了婚，把阿照託給外婆照顧，自己跑去北部謀生。

阿照國小二年級的時候，媽媽帶了一個男人來，說是她的新爸爸；不過，她不記得那時候是否叫過他，記得的反而是那男人給了她一個紅包，以及她從此改了姓。改姓的事被同學問到氣、問到煩，所以這個爸爸對她來說不僅陌生，甚至從來都沒好感。

一直到國中三年級，阿照才被媽媽從外婆家帶到北部「團圓」，而且聽說這還是那男人的建議，說以後如果要考上好大學，她應該到北部來讀高中。那時候媽媽和那男人生的弟弟都已經上小學了。

男人不久之後從軍隊退了下來，在工廠當警衛，有時日班有時夜班，媽媽則在同一家工廠幫員工辦伙食，早出晚歸，一家人始終沒交集，各過各的。

不久之後，阿照考上臺北的高中，租房子自己住，即便假日也很少回去，寒暑假也先往外婆家跑，通常都要快開學了才勉強回去住幾天，順便拿生活費和註冊錢。

外婆在阿照大三那年過世，不過，之後的寒暑假，阿照也同樣很少回家。她給自己的理由是要打工、讀書、談戀愛，其實自己清楚真正的原因是對那個家根本一點感情也沒有。不過，不知道是不是親生的兒子太不成材還是怎樣，那男人對待兩個孩子有很明顯的差別待遇，比如跟兒子講話總是粗聲粗氣，對阿照則和顏悅色，過年給的紅包永遠是阿照的比較厚，兒子只要稍微嘟囔一聲，他就會大聲說：「你平常拿的、偷的難道還不夠多？」

阿照大學畢業申請到美國學校的那年他從工廠退休，媽媽原本希望阿照先上班賺到錢才出國，沒想到他反而鼓勵她說念書就要趁年輕、一鼓作氣，說他的退休金可以拿去用，「不然最後說不定被那個王八蛋找各種理由拿去敗光光！」他說：「女兒哪天拿到美國學位，至少我臉上也有光。」

阿照記得那天她跟他說：「爸爸……謝謝！」不過，才一說出口就覺得自己可恥，因為在這之前她不記得是否曾經這麼叫過他。

美國回來後，阿照在外商公司做事。弟弟在她出國的那幾年好像出了什麼事，偷渡到大陸之後音訊全無，連幾年前媽媽胰臟癌過世都沒回來。孤孤單單的爸爸也沒給阿照增加什麼負擔，他把房子賣了，錢交給阿照幫他管理，自己住到老人公寓去。

阿照也一直單身，所以之後幾年的假日，他們見面、聊天的次數和時間反而比以前多很多。有一天阿照去看他，他不在，阿照出了大門才看到他坐計程車回來，說是去參加一個軍中朋友的葬禮。阿照陪他走回房間的路上他一直沉默著，最後才跟阿照說可不可以幫他買一個簡單的相機？說他想幫幾個朋友拍照，理由是：「今天老宋那張遺照真不像樣！」

後來阿照幫他買了，之後也忘了問他到底用了沒，或者拍了什麼？

去年冬天他過世了。阿照去整理他的遺物，東西不多，其中有一個大紙盒，阿照發現裡頭裝著的是一大疊放大的照片和她買的那部照相機；相機還很新，也許用的次數不多，更也許是他保護得好，因為不僅原裝的紙盒都還在，裡頭還塞滿乾燥劑並且罩上一個塑膠套。

至於那些照片拍的應該都是他的朋友，都老了，背景有山邊果園，有門口，有小巷，也有布滿鵝卵石的東部海邊，不過每個人還都挺合作，都朝著鏡頭笑，就連一個躺在病床上插著鼻胃管的老伯伯也一樣，甚至還伸出長滿老人斑的手臂用彎曲的手指勉強比了一個YA。

阿照一邊看一邊想像著他為了拍這些照片所有可能經歷過的孤單的旅程……想像他獨自坐在火車或公路車上的身影、他在崎嶇的山路上躑躅的樣子、他和他們可能吃過的東西、喝過的酒、講過的話以及……最後告別時可能的心情。

當最後一張照片出現在眼前的時候……阿照先是驚愕，接著便是無法抑制的號啕大哭。照片應該是用自動模式拍的，他把媽媽、弟弟、還有阿照留在家裡的照片，都拿去翻照、放大、加框，然後全部擺在一張桌子上，而他就坐後面用手環抱著那三個相框朝著鏡頭笑。

照片下邊就像早年那些老照片的形式一般印上了一行字，寫著：「魏家闔府團圓，民國九十八年秋。」

阿照說，那時候她才了解那個男人那麼深沉而無言的寂寞。

儀式

那年一向平靜的臺灣忽然連續發生幾件結夥搶劫的案子，電視、報紙一陣喧騰，都說「治亂世要用重典」。

「民氣可用」加上「強人震怒」之下，有兩個犯案的兄弟不但迅速地在軍事法庭被判死刑，並且在定讞之後隨即執行。或許有很多人都還記得他們被槍斃當天的新聞，各電視臺都以「錄影轉播」的方式詳細地呈現那兩個年輕人在行刑前部分過程的細節，我們看到法警用筷子戳著滷蛋硬要他們吃，而且在兄弟倆都還來不及把滿嘴的滷蛋吞下之前就拿著高粱酒硬灌。

很多人都說這是一場「演出」，目的是「殺雞儆猴」。雞殺了，猴子果真就乖？難說。阿澄就是在這場演出之後不久，和朋友一起搶當鋪被抓了。

阿澄二十歲，板金工，農曆過年前夕去找朋友，相約返鄉的日期。之後所發生的事根據警方的紀錄是這樣說的：阿澄的朋友沒拿到年終賞金，怕回去沒面子，希望阿澄和在場的其他兩個同鄉能多少借他一點，但這幾個人也湊不出什麼錢，後來有人提議說不然就大家把身上唯一值錢的手錶拿去當。

三個人都很義氣地脫下手錶陪朋友進當鋪，誰知道當鋪開價非常低，甚至還嘲諷：「不然你們以為這幾個『奧錶仔』值多少錢？」

走出當鋪後，阿澄說他承認自己的手錶的確舊，因為是爸爸戴過好幾年之後才給他的，不過他氣不過的是「那個人講話的時候，臉上那種『令人賭爛』的笑容」！沒想到其他人也有同感，朋友就提議進去打他一頓消消氣，好死不死正在施工的人行道上正好有綁好等待灌漿的鋼筋架，他們拆了鐵絲每人各抓一根就往當鋪衝，不過之後的過程雙方講法各有不同，當鋪的說法是：他們是蓄意搶劫，當手錶只是一個觀察環境的幌子；而阿澄一夥人則說是：只想打人消氣，人倒地之後他們發現櫃檯上有錢，忍不住隨手拿走，根本不是搶。

法官相信誰，最後很清楚，四個孩子除了一個未滿十八歲的之外，全部判死刑。

這回行刑前的細節電視沒轉播，但家屬接了屍體到殯儀館之後的過程，一個葬儀社的朋友倒曾經這樣詳細地描述過，他說：阿澄的父親一看就是一個典型的做田人，就像他自己在雲林鄉下的爸爸，皮膚黑得發亮，手指粗大，為了這一趟難得的遠行，他難得地穿上了平日應該是收在箱子裡的襯衫和西裝褲，因為靠近的時候都聞得到樟腦丸的味道。

朋友說他一邊幫孩子換衣服，一邊小聲地跟孩子說話，說沒讓媽媽來是怕她受不了，不是媽媽嫌你啥，「你嘛知伊心臟不好……啊你這麼不乖，脾氣又這麼壞……咱手錶仔舊就舊……被人家嫌一下又怎樣？你打人，人家只是痛一下子……啊現在……你身軀被打一個洞，自己不知道痛，但是……你敢知痛的是我跟你媽媽的心肝？這樣……你敢有贏？」

朋友說孩子的衣服換好之後，阿澄的父親盯著兒子看，默默地抽完一根菸，然後忽然發瘋似開始用力地打他兒子耳光，一邊哭著說：「我是誰你不認哦？你都不應聲？枉費我養你這麼大，還要我這個老的幫你送上山……」

朋友說他還猶豫著要不要過去阻止時，他就停手了，然後慢慢轉過頭，淚水縱橫的臉上帶著令人不忍的笑容，他跟我朋友說：「他認出我了……古早人說，認出是親人……七孔就會流血，他認得了……你看！」

朋友說他不敢說破，說那是溺水的屍體才有這樣的傳說，不過此刻阿澄的鼻孔的確正滲出細細的血水來。

那父親最後跟孩子說：「你，我一世人捨不得打……為什麼今天非要逼我這樣打……你才認得我？……」

人。

遺照

他說不想再當警察的主要原因是：他一直害怕在某種狀態下會忍不住開槍打

「經過那件事情之後，我才知道自己其實一點也不理智。一個不理智卻又隨時帶著武器的警察，和恐怖分子有什麼兩樣？」他說。「那件事情」是在他辭職之前五個月發生的，不過要把事情說清楚似乎得回溯到二十幾年前。

那時候他從雲林海口到臺北工作已經兩年多，那年終於有機會也有能力可以上補校接續他渴望已久的高中課程，因為他始終記得國中導師曾經講過，當國中成為基本教育的時候，至少也要念完高中才能在未來比別人多一點優勢。

他學校的位置有點奇怪，就在老市區一個早年相當有名的風化區附近，不過，對他工作和生活範圍來說卻非常便利，因為學校離他上班的地方走路不過二十多分鐘，而晚上下課後，走個十來分鐘，就可以回到他跟人家一起合租的老公寓。

風化區雖然已經是過去式，但個人攬客的「站壁的」，在那個地方卻依然存在，而且相當出名，所以晚上下課之後從學校走回住處的這條路上他已經習慣那樣的風景，甚至還經常被問說：「少年仔，要不要鬆一下？」或是類似的言詞挑逗。

第一次認識那個站壁的「大姊」，是在一個下雨的夜晚，當沒帶雨具的他低頭跑進暗巷的時候，忽然有人從後頭拿傘遮住了他。他說回頭的一剎那，他所看到的那張臉，只有兩個字可以形容——恐怖！

「大姊」看起來至少六十多歲，臉上的風霜用厚厚的化妝品草草遮住，頭髮絕對是染過的，但顏色很死，看起來倒像是戴了一頂不合適的假髮，缺了幾顆門牙的嘴正嚼著熱包子，所以一邊講話還一邊冒著煙。

她笑笑地說：「這麼冷，大姊陪你去浸熱水要不要？錢隨便算，你有多少就給我多少。」不過，才一剎那，大姊就好像看出他的驚嚇和為難，也沒等他回答就自嘲地說：「我跟你說笑的啦，和我洗澡……我怕你以後會倒陽。」然後堅持把雨傘借給他，說自己反正都在走廊下，淋不到雨，「雨傘也沒多少錢，以後遇到再還我就行。」

後來他們不但遇到了，而且還經常遇到。大姊的生意顯然不好，所以每次遇到都會跟他聊天講話，慢慢地，他似乎都可以拼湊出她的身世和生活狀態。

她六十五歲，只比他祖母小兩歲，所以有個和他大約同齡的孫子。兒子因為販毒、偷竊在監獄，媳婦把兒子丟給她跑了。之前她在賓館當清潔婦，後來身體不好人家不給她做，但是祖孫要生活，孫子念的還是私立學校，很貴，所以只好出來「現世」。

當她慢慢把自稱「大姊」改成「阿嬤」之後的某一天，沒想到他還真的扮演一次「孫子」的角色。那天下課回來，他遠遠看到阿嬤正跟一個警察吵架，也許瞄到他出現，竟然理直氣壯地跟警察嗆說：「以前讓你抓我沒話講，今天是你娘在這裡等孫子下課也有罪哦？」

警察看看圍觀的人群，問他說：「她真的是你祖母？」

他說當時的確稍微猶豫了一下，不過，當看到人縫裡阿嬤那麼蒼涼的身影和臉孔時，竟然非常勇敢地跟警察說：「是啊！那怎樣？」

之後那個警察走近他，盯著他看，然後貼著他的耳朵說：「我最討厭人家騙我，不過，這次我被你騙得心甘情願。」他說當時那個警察的表情和那一句話，後來竟然成為他決定去念警校非常重要的原因。

他最後一次見到阿嬤也是一個下雨的夜晚，說記得是寒假前，很冷，當他下課走到巷口時，發現很多人圍在那裡，中間站著那個警察，地上躺著一個人，蓋著一件舊被單。在他還沒搞清楚狀況之前，警察就過來拉他過去，把他的頭往下壓，然

後把被單掀起來強迫他看，說：「來看，是你阿嬤哦？除非之前你騙我！」

真的是她。

染得死黑的頭髮，粉擦得厚厚的臉，嘴巴張得開開地，連殘存的幾顆牙齒都看得清楚；不過，讓人難忘的卻是那雙沒有閉上的眼睛，他說那種眼神配上張著嘴巴的遺容，讓他覺得阿嬤好像在問天上的神明說：「你……怎麼給我這種命？」

之後，才聽說阿嬤幾乎全身都是病，但是藥都吃吃停停，鄰近一家西藥房還說阿嬤常跟他們賒帳，賒最多的是止痛藥。後來警察告訴他，驗屍報告是狀況不明的猝死，或許跟那天的低溫有關，說是光那天晚上臺北市就死了四、五個心血管有毛病的老人。

「不過，她一定是最孤單的那一個，因為送她到殯儀館的只有我、里長和她孫子。」警察說：「她一定很疼那個孫子，把他養得白白胖胖的，像有錢人家裡的阿舍。」

也許曾經有過這樣的際遇吧，當了警察之後，他說只要抓到賣淫的女人，都會自然而然地想到阿嬤，所以有時候能放的就睜一隻眼閉一隻眼。

可是……他說時代變了，慢慢地無法說服自己去相信某些出賣身體的年輕女孩都跟阿嬤一樣，有著同樣深沉且無奈的理由。特別是當他意外地被調來這個當年記憶深刻的街區，在連續破獲幾個應召站，竟然看到許多已然熟識的臉孔，和那種不僅不在乎甚至還帶著揶揄的神情的女孩時，「我學著不去想，也同情不起來。」他說。

但是，最無法忍受的一次經驗是，有一天趁休假，他帶著太太到一家餐廳吃飯時，竟然看到前一天才抓到的應召站主持人和那群女孩喧嘩地進來，那個主持人一看到他竟然囂張地過來跟他說：「大人，要不要跟我們併桌一起喝？大家熟識一下，省得以後你抓到流汗，我跟議員的電話則得講到流涎。」

他說當他看到太太那種茫然又有點驚慌的表情時，他已經告訴自己說：「王八蛋，你最好不要再被我碰到，不然我一定讓你的表情跟我太太現在一樣。」

後來就是「那件事情」了。

他說原本外頭來的線報單純是販毒，海洛英四號，可是當他們衝進幽暗、狹小而髒亂的公寓時，看到的卻是那個應召站的主持人和幾個昏睡的女孩，其中不乏已經熟悉到不行的面孔。

不過，讓他愣住的卻是牆上掛著的兩張放大的照片，一張是陌生的中年男人，另一張就是那個阿嬤！雖然的照片裡裝扮不同，但他忘不了那個熟悉的眼神。

「這是誰？」他問。

「我阿爸跟我阿嬤啦！怎樣？拜拜犯罪哦？」

他說那時候其實他已經忍不住準備打人了，可是，他忽然覺得照片裡阿嬤的視線好像停留在她眼前那個光禿禿、沒有半支香腳的香爐上，他說就好像冥冥中有誰在導引一般，要他捧下香爐，然後深吸一口氣、用力吹掉香灰，而就在薄薄的香灰下塞滿的正是一小包一小包已經分裝好的白粉。

他把香爐交給同事，那傢伙看著他，一臉茫然不知所措的表情；接下來，他完全失控地一腳踹倒那個人，然後掏槍頂著那人的太陽穴，他說剎那間現場所有人似乎都呆住了，而那傢伙果然跟他太太當天一樣，一臉驚嚇。

「不過，那畜生倒是連尿都嚇出來了，」他說：「從褲襠慢慢流出來，一直流，流到滿地都是，流到一屋子尿騷味！」

陳設一個家

小梁去到現場的時候才發現整個事情製片組根本還沒搞定，因為才一進門，屋內就傳來一個老太太氣急敗壞的聲音說：「你給我出去哦！不然我要潑尿哦！」而他才開口說：「歐巴桑，我是電視臺……」裡頭就已經飛出來一個玻璃罐子，並且在他腳前碎裂，一陣惡臭也隨之飄了過來。

他倉惶地逃到屋外打手機，沒想到製片接過電話之後也是一陣破口大罵：「你活該！我不是跟美指（美術指導）說過，去之前先找里長嗎？蠢！」電話掛斷之後，他竟然覺得自己還真的有點蠢，因為被這麼一吼之後，他竟然連里長的聯絡方式都忘了問。

還好這個位在山區的村落不大，走過山路看到遠處有人在菜園除草，彼此隔空吼叫兩三句之後，小梁就已經找到里長了。里長帶著他再度走向那個場景時，小梁才仔細地觀察四周的風景，他發現舉目所及大部分都是雜草叢生的田地，零落的房舍不是棄置、失修就是大門深鎖，完全符合劇本裡頭所描述的：一個人口外移嚴重，只剩少數老人獨居或相依為命的蕭條小村落。

里長跟小梁說他跟製片建議用老太太的家當場景的主要理由是：「你們付一點租金，讓老太太口袋裡有點錢，必要時可以用……這也是功德一件，你說是不是？」

他說老太太的命運很坎坷，先生早年是礦工，五十多歲的時候肺開始不好，過世的時候六十歲都還不到。兒子是貨車司機，很孝順，沒想到幾年前卻出車禍死了。媳婦領了保險金帶著孫子要離開時，村裡的人都罵，老太太卻反而替媳婦說話，說這樣對孫子才好。「去都市把書讀高一點，才不會像祖父和爸爸一樣，用命換飯吃！」

過去幾年老太太都輾轉各個建築工地幫人家煮三餐賺錢過生活，幾年前身體不好之後才回來，現在只靠領政府給的津貼過日子。因為有里長陪同，小梁總算進到那間異味撲鼻的屋子裡，見到那個幾乎活在雜物堆裡的老太太。

她約莫七十多歲，蒼白、瘦弱，一頭亂髮，雙腿好像都已經沒力了，只能靠著助步的鐵架在有限的範圍裡活動，或許也是這樣，所以她把所有生活必要的工具和她認為有價值的東西全部集中、堆疊在她房間內外，包括瓦斯爐、碗筷鍋盆，甚至還突兀地擺著一個專供幼兒使用的那種天鵝造型的便器。

不過，看到小梁時，她倒是和善地笑著跟他道歉，說村子很少聽見年輕人的聲音，之前有幾個年輕人進來她家裡，結果「好像都是吃藥的……不是來偷就是來搶，連鐵門都整個給我拔去！」

里長問她說：「你是用什麼武器丟這個少年的？」

「一罐沒吃完的醬菜啦，早上要吃的時候才知道都長霉了。」她有點自責地說：「我哦，會被雷公打！」

那天傍晚小梁回到製作組時，幾個主要演員正好都來定裝，服裝、造型、攝影師還有那些演員們的助理幾乎把辦公室塞爆，人聲鼎沸不打緊，一大堆四季不同的戲服掛得到處都是，小梁剎那間覺得像是再度掉入另一個被雜物包圍的空間裡。

製片走過來，還沒問他場景的狀況，倒先驚叫說：「你是掉到廁所裡啦？怎麼一身尿騷味？」可也沒等小梁回話，製片就又被叫走了，因為要演獨居殘障老人的女演員好像在發飆，小梁聽見她在辦公室的那頭大聲說：「這種造型是在糟蹋人嗎？拜託哦，你們這樣亂搞，我的形象到底還要不要？」

也許被「形象」這兩個字給提醒了，小梁忽然覺得那個演員從裡到外一點也不像她所要扮演的角色，別的不說，光那張臉就一點也不寫實，老太太的臉有生命真實的痕跡，像古蹟，而女演員的那張臉任誰都看得出是當年曾經花錢拉皮過，而今卻逐漸崩垮的「加速折舊」，像被棄置的人工造景。

幾天後，小梁帶著布景師傅到現場估價的時候，老太太已經被搬到隔壁村子的一家民宿暫住，而鑰匙卻還在她身上。民宿的人似乎體貼地幫她梳洗過，加上人在清爽、明亮的房間裡，所以比起前幾天老太太簡直判若兩人，此刻的她就如同我們在現實或記憶裡所慣見的那個形象鮮明的阿嬤。

她把鑰匙交給小梁後，忽然拉起他的手說：「你都沒在吃啊？手骨都沒肉？」然後便是一長串的嘮叨，說以前工地的年輕人也一樣，「顧玩不顧吃」，接著吩咐說她屋子裡哪邊有一甕她做的鹹菜，「可以拿出來跟三層肉一起煮，要吃的時候熱一下就好！」「櫥櫃第二層有一罐豆腐乳，很好吃哦，早餐可以配稀飯，如果不嫌麻煩的話，可以攪碎，買一些雞翅一起滷，知不知道？」……

離開民宿之後，阿梁忽然把車子停在路旁哭起來，布景師傅問了好久，阿梁才說他只是想到彰化永靖的阿嬤。小梁說每次回永靖，阿嬤同樣也是搬出一堆瓶瓶甕甕，非得把後車廂塞滿了才罷休，同樣也會仔細地交代爸媽說哪一瓶哪一罐是她精心特製的、什麼東西煮什麼東西好吃。

「可是，」小梁突然拉高聲調說：「你知道嗎？我爸媽根本不吃那些東西！他們嫌那些東西不健康！都嘛趁年終大掃除時全部扔進垃圾車！這還不要緊，阿嬤打電話來問說什麼什麼好不好吃的時候，他們竟然還會騙她說：好好吃哦！連朋友跟我們要都捨不得給呢！我覺得……我們真的好賤！你不覺得嗎？」

小梁講完之後，據說車子裡一片沉默。

那齣戲進行得波波折折，而最大的問題就是那個女演員，除了意見多、姿態高之外，也許太在意自己的「形象」，所以每次化妝都讓劇組整個停擺、枯候好幾個小時，製片最後不得不痛下決心換人，而且還在眾人面前非常沉痛地說：「演藝界最難伺候的就是這種老是活在過去風光歲月的過氣演員！」

不過，開拍延宕卻反而讓小梁逃過一劫，因為依原先的規畫，必須在一星期內結束的改景和陳設作業，他竟然花了二十幾天才完工。

開拍前夕當製片和美術指導到現場驗收的時候，所有人幾乎嚇了一大跳。

他們發現整個場景根本不只修改、陳設而已，而是近乎永久性的重建和裝潢。原本漏水的屋頂被換上了全新的水泥瓦，然後再配合拍攝需要做舊、種青苔。屋裡的樣子的確照圖施工，但看得出用的全是真材實料。更誇張的是連鏡頭根本帶不到的廚房、浴廁也都全部翻新，牆上甚至還裝上專供行動不便的人使用的鐵架。

當美指看到牆邊一個不鏽鋼的矮架忍不住問：「這幹嘛用？」的時候，小梁的回答是：「阿嬤做了很多好吃的鹹菜、豆腐乳什麼的，以後就有地方放。」

最後製片說話了，他說：「你怎麼高興、怎麼搞我沒意見，但是，預算就是預算，你別想給我多報一毛錢。」

據說小梁是這樣回答的，他說：「我知道，幫阿嬤陳設一個家的錢……我自己負責。」

淪陷

看景車再也無法前進了，因為積水愈來愈深，前方除了淹在水裡的兩行電線桿勉強標示可能的方向之外，路面已經完全看不見。

我們爬上土堤放尿，驚訝地發現土堤外竟然是一大片被水淹沒的墳墓，只有凸起的墳背露出水面，幾隻白鷺鷥動也不動地站在早已枯乾的木麻黃上，滿天的蜻蜓在水面上起伏來去……所有人忽然都失神且沉默地面對眼前這個有點虛幻的畫面，只聽到司機怯怯地說：「這是不是就叫『永眠黃泉下』？」

這時我們聽見有人在土堤下用鄉音很重的國語說：「喂，你們的車讓讓！」是兩個一前一後拉著手推車的老鄉，車上堆滿了回收雜物。「前面的村子還住人嗎？」我們問。

「這不廢話！我們不就是？」

幾個人挺有默契地幫著他倆推著車往前方的村落前進，其實心裡頭都承認我們這是「以善心為由行好奇之實」。老鄉一邊要我們小心看路，以免摔進路邊看不見的圳溝，一邊說他們的故事。兩人原本在附近守海防，幾年前退伍之後乾脆在這裡買了一間舊房子落腳。

「反正村子裡大大小小都熟了，有熟人……活著熱鬧，萬一怎樣也有人幫忙收屍。」有退伍俸可以過日子，閒著沒事時就去揀些破銅爛鐵貼補貼補，日子原本過得還挺安適，誰知道兩年多前一個颱風過後，村子裡淹著的水就退不出去了，村民一家接一家往外搬，不是投靠外頭的兒女就是另外尋房子住。兩人沒兒女也沒錢另外找房子，只好硬著頭皮跟水、跟寂寞為伍繼續住。

兩個人的家是臺灣濱海地區慣見的矮瓦屋，門口堆了一大堆雜物，可是卻都堆疊得整整齊齊。我注意到他們開門的動作極其小心，一如電影裡的慢動作。

「用力推的話，裡頭的水會翻騰，萬一濺到床鋪晚上就甭睡了。」他們說。門後的住處真是奇景！屋裡積水的高度大約到膝蓋，所以幾乎所有家具都墊到這個高度以上，天花板上更掛著大大小小形形色色的塑膠袋，裡頭裝著各種生活雜物，從衣服到零嘴、香菸什麼都有，門一開之後所有袋子就在微風裡款擺。

「這樣過日子……習慣嗎？」我們問。

「久了當然習慣啦，剛開始，脅，還暈船咧！」

「怎麼說？」

「就晚上睡不著的時候啊，月亮從窗戶照進來，在水裡晃著，看著看著，贠，就頭暈反胃啦！幹了一輩子陸軍，沒想到這把年紀還得回鍋改行當海軍陸戰隊！」兩個人搭搭唱唱，挺像在水上舞臺扮雙簧。

「以後呢，怎麼辦？」我們問。

「以後？我們決定開海鮮店！你看，海鮮就養在屋子裡，贠他媽，多新鮮！」循著他們手指的方向望去，還真看得到幾條約莫兩三寸長的小魚就在我們的腳邊自在地游著。

老鄉硬要我們一起包水餃吃中飯，吃著吃著打開電視說要看午間新聞，這時我們才發現小小的屋子裡竟然有兩部和房子的格局完全不對稱的大電視。

「撿來的。」他們說。

新聞畫面裡當時的行政院郝院長正表情激動地講著話，可是我們卻發現他怎麼說起臺語了？說：「日也鑽、夜也鑽，真累！來！這罐×××給它喝落去……」

「唉唉唉，他媽的搞錯了！」老鄉邊慢慢移步過去調電視一邊喃喃地罵，原來撿來的那兩部電視一部有畫面沒聲音，一部是有聲音沒畫面，這會兒畫面轉在華視新聞，而有聲音的那部卻在台視「天天開心」的廣告時段裡。

飯後看得出他們兩個都有睡意，於是告辭離開；或許是當時上班的電影公司名稱讓他們誤以為我們來自「中央」吧，走著走著，忽然聽見老鄉之一遠遠朝我們喊著，說：「記得跟上頭的人講啊，說臺灣快淪陷啦！他媽的都已經淪陷到膝蓋啦！不救就來不及啦！」

這是約莫二十年前中部沿海的某地，二十年後村子還在，只是不知道到底是那地方終於不再淪陷了，或是墊高的速度比陷落的快？

笑容

後來那群人都老了、也都病了。

三、四十年的礦工生涯之後，他們陸續得了矽肺症；咳嗽、哮喘，長期激烈勞動鍛鍊出來的筋肉慢慢萎縮，臉頰凹陷、膚色灰白、兩眼無神，終日內衣、睡褲一件，窩在家裡某個角落的躺椅上，鼻孔塞著氧氣管，像受傷的動物一般，動也不動，呼吸艱難之下甚至連話都懶得講。

天氣比較好的時候，他們偶爾會拖著小氧氣瓶，以有如電影慢動作一般的腳步逐一走出家門，在巷尾的電線桿下聚集。兒孫們會習慣地幫他們張羅矮凳、矮桌，並且架起一支大陽傘，然後他們就在傘下沉默地玩著四色牌，旁觀的人會依照陽光的角度調整陽傘，當陽傘和地面呈九十度直立的狀態時，他們會回家吃午飯，之後再度繼續，直到陽光消失。

抽菸是他們一輩子的嗜好，身體既然到了這種地步，更沒人覺得有戒掉的必要，所以每隔一段時間，他們就會有默契地一起關掉氧氣，各自點起菸，有一口沒一口地抽。

往昔經常被他們粗聲粗氣地叫喚、咒罵的太太們好像終於等到可以報復的時機，每次只要看他們掏出香菸時就會大聲吼著在巷子裡玩耍的孫子，說：「離卡遠一點啊，你阿公不怕氧氣爆炸存心要死，你們可不要傻傻地跟著陪葬！」或者故意閒閒地說：「抽吧，抽吧，抽死總比死了沒得抽快活！」

他們始終沉默，不知道是沒力氣，還是根本連回嘴的意識和動機都沒有。

他們最後一次展現昔日的罵勁是有一天警察衝進巷子，說他們是「公開聚賭」，硬要帶去分局拘留；聽說他們把氧氣管一拔，彷彿要把壓抑了好長一段時間的怒氣都全部宣洩出來似的，台式、日式的咒罵接連不斷，然後說：「大尾的你不抓，抓這幾個加起來將近三百歲，賭資總共才兩百八十元的人……你抓什麼意思？是要抓我們回去幹你娘是不是？」

沒想到後來太太們提起這件事時，卻都帶著些許的哀憐，她們說：「可憐哦，才剛罵完，一個個都忙著抓起氧氣用力吸，一個個都喘得像條狗。」

那年冬天，他們都陸續住進醫院，加護病房和普通病房來去替換，可是沒有人有可以期待的出院日期。

有一天一個三十來歲的兒子去醫院看父親，兩人無語，後來他問父親說：「有沒有想吃什麼？」

父親說：「……可以現吃現死、現超生的東西！」

兒子想了一下，在父親的耳邊說了什麼，沒想到父親的嘴角竟然微微上揚，慢慢起身拉掉氧氣管，然後朝其他人說：「起來吧，不要再躺了，我兒子要帶我們去樓頂曬太陽！」然後有點頑皮地跟他們做了一個手勢。

父親領頭，後面跟了六、七個人，他殿後照顧，一群人走一步、停一步。

那天的陽光燦爛、溫暖，天空和遠處的海都藍得發亮。

兒子掏出香菸，為他們一一點上。兒子感覺像犯罪，但當看到他們深深地吸了一口，臉上逐漸出現和躺在病床上截然不同的神情時，他似乎已經不管那麼多了。

年輕的護士捧著藥盤忽然出現在樓梯口，不可置信地看著這群人。兒子怕她可能的訓斥打斷了他們的快樂，於是用他們絕對聽不懂的英文跟她說：「就讓他們快樂一下吧，請忘記妳所看到的。」

兒子無法忘記的是，他看到父親趕緊把香菸捏熄，手往背後藏，而臉上卻出現久違的笑容，那笑容就跟當年自己好奇偷抽菸，卻被父親當場活逮時一模一樣。

剎那間，兒子覺得自己和父親竟然如此親近，彷彿曾經一體。

後來，這些人就在醫院裡一個接一個離開，沒有人再回過家來。

纏

「……我真正無法理解，一個人的怨念哪能深到這款？」

他喃喃地說著，然後慢慢朝我轉過頭來，表情像是詢問更像自問自答。而我看到的是一張蒼老的臉孔，淚水盈盈，緊抿著的嘴唇不停地顫動著。

外頭開始下雨了，雨滴落在擋風玻璃上，愈來愈密，儀表板上顯示的時間是十一點四十五分。

這趟車，我已經坐了兩個小時。

兩個小時，兩個世界，兩個人生。

那天有餐會，結束後招了一部計程車回家，才說了地址，司機就問我說你是不是那個誰誰誰？我說：「是啊！」

他說：「你的聲音很好認呢！」

感覺猶豫了好一陣子，他才又笑笑地說：「我以前想過很多次，想說，如果有一天可以載到你的話，我一定要把我的故事講給你聽……」

我說：「好哦！好多人都願意講故事給我聽，這是我的福氣呢！」

他先問我幾年次的，我說四十一。他說：「屬龍的？那我大你六歲。這個年紀還在跑車的，你應該很少遇到哦？不過我也不是天天出來跑啦，啊就待在家裡也睡不著，就出來溜一溜……常常想兒子啦！」

「兒子去哪裡了？」

他伸手指指車頂說：「去做仙了啦！」

「啊？幾歲？」

「去的時候……才二十二歲。」

「什麼病？」

「沒生病。意外」。他說：「我要跟你說的就是這個故事呢！」

他說一輩子裡多數的時間都在「走車」。

當兵被分發到運輸部隊，學會開車，退伍後先到一家食品公司開送貨大卡車，因而認識了一個汽車修理廠的老闆。這老闆兼做二手車買賣，有一次剛好買了駐臺美軍賣出來的兩部老車，整修之後問他要不要買下來當出租車，說車錢願意讓他分期。

一九七〇年代初期，臺灣經濟正開始發展，商界彼此之間的交際應酬或客戶迎送快速增多，但私家車還不普及，他覺得做出租車子的生意應該有機會，於是買了那兩部美國車，租了一個小店面、辦了一個電話門號就開始營業了。

日子順風順水，兩年後，他不但付清車款，還買了第三部舊車，也認識了他後來的太太。

太太是屏東人，小學畢業後就到北部工廠當作業員，後來學理髮，他就是在理髮廳認識她的。

「為了看到她，我曾經一個禮拜去洗三次頭，洗到她嫌我亂花錢，不知道節儉！」他說。

她是獨生女，說爸媽年紀大了之後，奉養他們是必然的責任，所以一直拚命存錢，希望有一天可以回屏東開一間自己的店，就近照顧。

有一天她忽然很認真地跟他說：「其實……你也可以到我們那邊跟我一起做生意啊！可以租車給人家娶新娘辦喜事，還有，我們那邊也有美國兵仔出入，說不定也是你賺錢的對象，是不是？」

他當然聽懂她的語意和心願。

「我太太是金嘴！」他有點得意地說：「那時候，屏東租車生意還很少，我的又是很大的美國車，所以幾乎沒什麼競爭者，才一年多，我就把我太太開理髮廳的本錢給賺回來了，然後辦了一個很風光的婚禮。我們的夢想是，有一天要在屏東的市區買兩個店面，一間是車行，一間剃頭店，樓上是住家，一邊我們住，一邊住太太的爸媽。」

這個夢想始終沒有實現。

他說：「人生的好運好像在那一年全部用完了。」

那年，他記得老的蔣總統在清明過世，過世的那個夜晚雨驟風狂。

六月，屏東已經很熱了，天黑得也比較晚。那天他載了兩個美國人從屏東到臺南的空軍基地，回程他特地在臺南市區繞了一大圈，幫太太買了好幾樣小吃，說太太懷孕後胃口一直不好，他擔心嬰兒會太小隻。

回到屏東時天還沒全黑，也許心裡想著要讓太太快點吃到那些小吃吧，車子是開得比平常快了一點，而就在一個兩邊都是植栽的交叉路口，他發現有一輛腳踏車突然衝出來的時候車子已經煞不住了。他先聽到的是撞擊的聲音，然後車子停住，四周寂靜得讓人不安，但就在他伸手要開車門的剎那，空中突然掉下來一團龐大的黑影，直接砸在擋風玻璃上，玻璃出現蜘蛛網似的裂痕，然後他看到一張上下顛倒的臉從玻璃上很慢很慢地滑下來，透過裂痕看出去的臉破破碎碎地，血從鼻子和嘴巴冒了出來，在玻璃上抹上一道血痕，然後就不再滑動，眼睛睜得大大地，瞪著車裡的他，一直瞪著，眨都不眨。

當時，他不知道這樣一張臉、這樣的畫面就將糾纏他一輩子。

亡者姓孟，湖北人，空軍中尉，在臺灣除了軍中袍澤之外沒有任何親屬。透過地方的頭佬和部隊代表協商的結果，他除了負責喪葬儀式以及靈骨塔位的所有費用之外，並應要求另外存了一筆錢在銀行，軍方的官長說那是反攻大陸成功之後要給亡者家人的補償費兼慰問金。

當所有事情忙過之後，他覺得應該把闖禍的車子整理一下了，那天光板金就忙了他一整天。傍晚，他把車子用千斤頂頂起來準備更換一個零件時太陽已經下山了，視線很不好，於是他點了兩根蠟燭立在地上當照明。零件換到一半電話響了，是叫車的電話，他記得正要拿粉筆在小黑板上記下約定的時間時，門外忽然吹起一陣奇怪的風，風勢很強，但涼涼的，他正覺得詭異，回頭看向外頭時剛好看到車底下那兩根蠟燭倒了下來，也許地面都是油漬吧，火焰剎那間快速竄起並且延燒開來，當他放下電話衝了過去，發現無能為力，再衝回來拿起電話打119的時候，整部車已陷入火海。

那場火最後燒掉的不僅僅是那部車而已，同時燒掉的還有那間租來的店面，以及左右總共五家商店和房舍！

他說：「我幾乎燒掉了屏東半條街！」

記得才說到這個階段，車子卻已抵達我家門口了，他有點尷尬地看著我，說：「我憨慢講話，講到不搭不七，要是你來講，一定不會像我這樣……」語氣裡有明顯的遺憾和探詢，於是我說：「如果這樣的話你更要把故事講完，好不好？既然我們都有緣分相遇了。」

我住的地方是山區，很安靜，也許怕引擎聲吵到鄰居吧，他把車子熄火，降下車窗，隔了好久才說：「我這世人哦，就像你們拍的電影……」

賠償的條件談了很久，最後他先賣掉剩下的三部車，加上用岳父土地抵押的借款當作第一期賠償金，其他的則分五年償還，他說：「那把火，不但燒掉了我過去的打拚，幾乎連未來的日子也一起燒光光！」

然而，災難好像沒並結束，那年八月，不知道是受驚或焦慮過度，有一天太太肚子裡的小孩就不動了，成了死胎。

那年年底，他和太太兩手空空回到臺北，他說北部的冬天真的不好過，冷雨下個不停，天空老是灰沉沉地，像極了兩個人當時的心情。

會回到臺北的原因是因為賠償金的問題，他不得不回來找當年熟識的修車廠老闆幫忙。當時那個老闆同時經營了一家租車公司和一家計程車行，除了借他一筆錢之外，也雇用他管理租車公司，還說有空的時候或許也可以開開計程車，增加一點收入。

「天不會絕人之路，」他說：「但也不一定就會給你一條一路綠燈的光明大道！」

起初，他一直以為是自己的腦袋或眼睛有問題，因為只要是夜間跑車，那張倒懸的、破破碎碎且冒著鮮血的臉就會不時地在擋風玻璃上突然冒出來，開車的他當然本能地急煞或急轉，因此小車禍不斷，甚至連乘客也都因此受傷住院，賺的錢都不夠賠。後來，由於發生的頻率太高了，同事、鄰居都說他一定是中邪了，不然就是厲鬼上身。太太帶著他到處看病拜神，或者找不同的道士、法師作法驅魔，他說最高紀錄在車上掛了十八個不同神明的香火，但效果全無。

折磨了一年多之後，他被送進精神科診所，「和一群不太正常的人住在一起，吃藥吃到三魂七魄都離了身，整個人就像一首流行歌唱的，『沒魂有體，親像稻草人』！」他說太太經常來看他，看到最後都受不了了，哭著要帶他出院，說她怕他在被厲鬼凌遲到死之前反而先被人給凌遲死了！

出院那天晚上，太太準備了香燭和簡單的飯菜帶他到公寓頂樓拜拜，點好香燭之後，太太忽然用一種他從沒聽過的凶惡口氣朝四周大罵。大意是說，人的生死都是天在安排，她先生所造之禍都已付出代價，如果還有不滿應該去跟閻王申訴，而不是這樣折磨人，還說：「魔有魔道，佛亦有佛道，有道不守，佛必責罰，讓你萬世不得超生！」罵完之後開始把那些飯菜一碗一碗地往地上砸，一邊砸一邊罵說：「拿去吃！吃乎飽！不要再來餓飽吵！」

他說太太那種凶狠的表情和口氣連他自己都嚇呆了，覺得要是真的有鬼應該也會怕吧？

下樓之後他發現太太全身仍在顫抖，然後斷斷續續地跟他說這是一個「老師」教她的，說鬼跟人一樣，有好有壞，遇到軟土深掘的鬼就要凶給他看，否則他就會吃定你，被他吃死死！然後說：「我已經豁出去了，要報冤的話就來找我吧，因為最初要你去屏東的就是我，我才是禍首啊！不是嗎？」

太太的這一番話的確鼓舞了他，也提醒了他，他說他忽然悟出了一個道理：在社會走闖難免也會遇到不講是非道理的人啊？但總不能因為這樣就覺得恐懼而不跟人接觸，不是嗎？如果心裡預先有準備，自己先「注射」，遇到不就不會怕了？他說自己的頭殼裡忽然就冒出一句既堅定又強大的話來：「什麼都不驚的人最大！」

他開始正常地跑車、過生活，為了讓太太安心，有時還特意把出車的時間排在下午到凌晨，目的就是安撫她，讓她感覺「都過去了！現在即便是晚上也很平安！」

剛開始的時候，無論多晚回家，太太都會等他，然後用眼神問他：「今晚有出現嗎？」他就笑笑地搖搖頭。他說後來這樣的動作好像變成彼此之間很貼心、很親密的「信號」，就像外國人下班夫妻見面時的親吻或擁抱。

第二年太太懷孕了，「把當初沒緣分的小孩給生回來了！」

那個人沒再出現嗎？當然有！他只是隱瞞著。

次數比較少倒是真的。他說他還特地做了紀錄，做了兩年多之後發現那張臉最常出現的是「大年節」前後，比如端午、中秋和春節。

於是每逢這樣的日子到來之前，他都會找一天到自助餐店買幾個菜，以及一小瓶酒，找一個比較沒人的地方擺開來，呼叫他來一起吃飯，跟他說說話，說什麼呢？他說就講講閒話，比如：「你怎麼都不會老啊？」「現在老兵都可以回大陸了，你有沒有回湖北看看啊？」「臺灣老百姓可以自己選總統了，你會選誰啊？」以及「你臉上的傷怎麼都不會好啊？」之類的，甚至會跟他說一些自己家裡的事，說兒子已經幾歲啦，不太愛念書，不過很喜歡機器類的東西，像車子的引擎啦什麼的，但自己已經開車開了大半輩子，真不希望兒子以後還走自己的路，以後當兵說不定可以跟孟先生你一樣，當空軍，未來可以修飛機甚至去學開飛機遊世界……

不過兒子入伍服役時並沒抽到空軍，反而是最「硬斗」的海軍陸戰隊，然而退一步想其實好像也不壞，他說至少部隊把兒子的體格都改變了，變得黑黑壯壯的，退伍以後就比較有打拚做事業的力氣。而他跟太太都已經在想像未來的媳婦將會是個什麼模樣的女孩？甚至還和太太彼此鼓勵說要好好練身體，這樣以後才有力氣幫忙帶孫子。

兒子退伍前三個多月，記得是端午節前幾天，兒子打電話回來說部隊有演習，停止休假，說媽媽包的粽子可以冷凍起來，他回家再吃。

端午節前一天的黃昏，他一如往例在自助餐廳買了幾個菜，也在超商買了兩罐啤酒，然後把車開到內湖的堤防外招呼那個人。他說那天很奇怪，好像一直想不出什麼家常話跟那個人說，四周很安靜，連遠處的車輛、行人都像壞掉的電視無聲地來去，所以當手機響起的時候，聲音特別響亮、刺耳。

電話是太太打來的，尖銳的話語夾在嚎啕的哭聲和失控的嘶吼中幾乎沒有前後秩序地傳來，好不容易才聽懂她說的是：「兵營通知……兒子車禍……重傷病危，趕快回家！」

他說回到家時門口停著一部掛著軍牌的轎車，屋裡擠滿了鄰居。頭髮、衣服都凌亂不堪的太太躺在沙發上睡著了，但臉上淚痕依稀。一個軍官跟他說醫官剛剛幫她打了針，因為她情緒太激動了，怕她出事，然後說兒子車禍的地點在屏東，但人已經送到高雄急救，他們已經準備了車子，現在就可以載他們去高雄看兒子。「但是……以夫人現在的狀況，我們並不太建議她一起去。」另一個軍官說。

他說一直到現在都還覺得那個軍官「很有智慧」，因為太太沒去，所以這輩子記得的兒子應該都是她所熟悉的身形和那張好看的臉，而他到達高雄醫院時所看到的兒子卻是「血、肉、紗布和許多管線、機器所組合起來的人形物體」……我握著他的手，冷吱吱的，叫了三聲他的名字，都沒反應，連機器上的信號也都沒動，我看看四周的醫生和護士，他們也一樣，沒動、沒出聲，我問身邊的一個醫生說：「你跟我講實話沒關係，他還有救嗎？」醫生遲疑了一下說：「我們會盡力。」我就跟他們說：「如果這樣……就把那些管子和機器拔掉吧！拔掉，他會比較快活，身軀拖這麼多東西，不好走。」

然後他被帶到一個休息的房間，兩三個人陪著他，沒多久有兩個年輕人被帶了進來，其中一個頭部和手臂都包著紗布，兩個人一看到他隨即跪了下來，一直說對不起，他扶他們起來，帶他們進來的軍官說這兩個人都是和他兒子坐同一部吉普車的班兵，兩個人都比較幸運，只有輕傷，另外一個傷勢比較重，但現在也已經沒有生命危險。

兩個年輕的孩子好像都還處於驚嚇之後的恍惚狀態，整個災難的過程講得顛顛倒倒、斷斷續續地。說那天他們接到演習裁判官的指令，要部隊在指定的時間裡急行軍到一個定點，並建立指揮中心，由於補給車輛不足，他們奉命用吉普車聯結雙輪拖斗到後勤補給站領取二十卷電話線，並且要在指揮中心建立之前送達。

屏東一帶的交通路線他們並不陌生，所以在前往補給站的一路上車子裡幾個人還輕鬆地聊天談笑，但誰也沒料想到對向車道有一輛滿載洋蔥的貨車卻就在這時爆胎失控，直接偏向衝撞過來，而它的右前輪在翻車之前正好削過吉普車的副駕駛座，而他的兒子就坐在那個位子上。

「整條馬路就只有我們兩部車欸！前後兩三公里都沒有車，但卡車就在那時候爆胎？那麼準！」那個包著紗布的孩子喃喃地重複著這句話好幾次。

但之後另一個孩子的話才真正讓他既痛且驚，就像多年來已經習慣覆蓋在傷口上的那塊紗布突然毫無預警地被人用力扯下，不僅痛徹心扉，而且也才發現那道陳年舊傷其實從未止血，從未收口。

那孩子說：「阿伯，你是不是曾經在屏東開車撞過一個軍人？那天……我們在車子裡聊天的時候，他正好說到這件事，還說你修車的時候差點燒掉屏東半條街……」

隔天早上他一直等到太太平常起床的時間之後才打電話回家，他說他真的不知道該用什麼樣的語氣和說法才不會讓她再度崩潰，但沒想到電話才一接通，太太就用彷彿帶著笑意的語氣說：「孩子好了哦？」

「好了！」他只好隨著太太的意思說：「我會盡快帶他回家，妳放心。」

沒想到太太竟然說：「他回來過了！說有遇到你呢，你有叫他，但旁邊有長官在，他不方便跟你講話……他穿兵仔衫回來的呢，穿得很『ㄑㄧㄡ』！」

記得他說到這裡的時候，外頭閃電交織，暴雷乍起，不知道是被雷聲所掩蓋還是他正盡力克制著不讓自己哭出來，有些片段含糊到我幾乎無法聽得真確，但看得到的是他抖動的肩膀以及上下激烈起伏著的白髮蒼蒼的頭。好久之後才看到他伸手從紙盒裡抽出衛生紙擤鼻涕，一邊說：「歹勢！歹勢！」

他說軍方把之後的事處理得很明快、很流暢，說他們把兒子的遺體整理得很好，連當初幾乎無法辨認的臉都縫過、補過、化妝過，一身全新的軍裝看起來真的很「ㄑㄧㄡ」，「雖然那張臉已經不是那麼像兒子，但至少他媽媽看了不會驚嚇、不會心碎。」

那天下午，軍方安排了招魂儀式，他說當他舉起香看著遠方呼喚著兒子的名字時，兩隻腳忽然完全失去力氣，整個人癱軟下來直接跪坐在地，道士一直伸手拉他，說：「你是老爸，是嗣大，不用跪！」而軍方隨行的人則擔心他是傷心過度，一直企圖把他扶起來，但不管幾個人怎麼用力好像都無法移動他，他說：後來我把他們統統推開，因為只有我可以想到、也知道這其中的「緣故」，他說當他舉香看向天際，看到遠方一間小小的紅磚工寮時，他就知道這個地方正是當初他撞死那個人的所在！

他說儘管是將近三十年的事了，環境也因為田地重劃和道路拓寬而有所改變，但那間好像是置放農具或抽水馬達的小工寮卻一直留存著。

他說當初那個人摔落在擋風玻璃上時，他所看到的就是那張破碎的臉以及臉的右側遠處那間紅磚工寮，這樣的記憶無論你多麼蓄意好像都不會忘記。

就是這裡，他的人生「歧」點。

他說也許身邊圍繞著許多軍方人員，而且都用國語低聲交談著，他忽然想到很多事，想到當初軍方好像沒有辦招魂儀式……但即便辦了，他的魂魄又能回到湖北的家嗎？在靈骨塔裡的他又有誰會在年節裡去探望祭拜了？說要給他家屬的賠償金在兩岸互通之後給了嗎？

「後來我要道士重新幫我點香，我跪坐在地上，很誠意地用國語同時呼喚那個人和我兒子，我很老實跟他說：『對不起，除了記得你姓孟之外，我連你的名字都忘了，只記得你的臉，因為你常常出現在我眼前，×××是我的兒子，希望你們都一起跟隨菩薩引領，各自平安，歸向西方。』」

他說三拜之後自己本能地站了起來，走向香爐把香穩穩插上，都忘了剛剛才腿軟跪地，任憑一堆人如何使力也都扶不起來。

兒子火葬之後他們把骨灰放在北海岸的一處靈骨塔，入塔的法事都完成之後太太一直還捨不得離開，找各種理由徘徊，嫌他挑的那張照片笑得不夠開朗，要不就說晚餐時間都已經快到了，要不要準備簡單的東西讓他吃一吃再走……最後拖到人家關門的時間到了才甘心離開。

回臺北的一路上夫妻倆都沒說話，車子裡只有錄音帶重複播放經文吟頌的聲音，天慢慢暗了下來，淡金公路很多路段都沒有路燈，所以他車子開得很慢，而就在將要靠近淡水市區的一處彎路上，太太忽然大叫一聲：「有人！」，他急踩煞車，車子在第一時間停了下來，而他也看到了，的確有人，就是那個人，背景是遠方模糊閃爍的黃燈，那人就在車燈前走過，穿著軍服，眼睛好像盯著車裡的人看著，帶著詭異的笑意，一如平常在車前過街的所有人，臉孔不老，無血無傷，走過車前，然後消失無蹤。

「這裡也沒岔路，怎麼會有人忽然跑出來？好像鬼一樣冒出來，嚇人！」太太說。

他跟她比了一個噤聲的手勢。

「還是個軍人。」太太說。他噓她一聲。

太太好像懂了，遲疑了好一會兒才說：「就是那個人嗎？你以前常看到的那個人？」

他點點頭，說：「他平安了，今天很好看！」

然後太太忽然莫名地大哭起來，一直哭，好像要把當天沒有流出來的眼淚全部清空一樣。

「我真正無法理解，一個人的怨念哪能深到這款？深到要拿另一個生命來交替？若這樣……抓我就好了啊！抓我兒子，他不知道這同時也抓掉我和我太太半條命嗎？」

他喃喃地說著，然後慢慢朝我轉過頭來。外頭開始下起傾盆大雨。

「那天之後，他就再也不曾出現過。」他說：「但是……還是一直留在眼前啊，不用提醒也忘不了啊，唯一可以蓋過的，是想起我兒子的臉啊，插很多管子貼很多紗布的兒子的臉啊，你說是不是？」

然後他又抽了衛生紙擤鼻涕，一再地說：「歹勢！歹勢！」

他說之後只要去北海岸看兒子的時候，就會講到那個人那些事，說他的怨念，替他設想很多的不平，比如回不去的老家、奉養不到的雙親、夢想剎那消失的人生、沒有人可以歡聚的年節……或者當年是否沒有人幫他梳理打扮？沒有人幫他穿上乾淨體面的制服……等等等等，但最後他太太都會說：「我們都替他設想，那我們的兒子呢？又有誰替他設想？」

然後他們就再也不說那個人了。

「我們……專心想兒子，所以常常想到睡不著。」最後他自嘲似地笑了笑。

後來一如我所料的，他說什麼也不收車資，我也不堅持，再堅持似乎就矯情了。

「多謝你願意聽我說，今晚應該很好睡，我會跟我太太說真的遇到你，像一個心願真的達成。」隔了好久他才又說：「像我這樣的人生，有沒有很像你們在拍電影？有人會說：真到像假的一樣！也有人會說：假得跟真的一樣……是不是？」

是不是？你說。

Eurasian Publishing Group
圓神出版事業機構
用心與你對話·視野無限寬廣
圓神出版社
Eurasian Press

www.booklife.com.tw　reader@mail.eurasian.com.tw

天際系列 013

這些人，那些事【歲月淬鍊增訂版，全新收錄動人篇章】

作　　者／吳念真
插　　畫／雷　驤
發 行 人／簡志忠
出 版 者／圓神出版社有限公司
地　　址／臺北市南京東路四段50號6樓之1
電　　話／（02）2579-6600・2579-8800・2570-3939
傳　　真／（02）2579-0338・2577-3220・2570-3636
副 社 長／陳秋月
主　　編／賴真真
責任編輯／吳靜怡
校　　對／吳靜怡・林振宏
美術編輯／蔡惠如
行銷企畫／陳禹伶・林雅雯
印務統籌／劉鳳剛・高榮祥
監　　印／高榮祥
排　　版／莊寶鈴
經 銷 商／叩應股份有限公司
郵撥帳號／18707239
法律顧問／圓神出版事業機構法律顧問　蕭雄淋律師
印　　刷／祥峰印刷廠
2023年9月　增訂初版
2024年5月　增訂3刷

定價360元　ISBN 978-986-133-891-0

一二十年之後的現在一邊重新回憶、一邊寫著的同時，心裡卻也一直想著：你還在嗎？還好嗎？我還有機會遇到你嗎？這樣想著的同時，生命裡曾經交會過的許多人、許多事卻也就不約而同地蜂擁而至。老實說，在這樣的年紀裡，這樣的感覺，失落難免，但同時卻也有生命何其豐美的安慰和讚嘆。

——《這些人，那些事》．吳念真

國家圖書館出版品預行編目資料

這些人，那些事【歲月淬鍊增訂版，全新收錄動人篇章】/ 吳念真著. -- 增訂初版. -- 臺北市：圓神出版社有限公司, 2023.09

256 面；14.8×20.8公分 --（天際系列；13）

ISBN 978-986-133-891-0（平裝）

863.55　　112011452